DREAMBOOKS

DREAMBOOKS

권인호 신무협 장편소설 ORIENTAL FANTASYSTORY & ADVENTURE

천하제일 쟁자수

10

dream
books
드림북스

천하제일 쟁자수 10

초판 1쇄 인쇄 2016년 9월 12일
초판 1쇄 발행 2016년 9월 26일

지은이 권인호
발행인 오영배
책임편집 편집부

펴낸곳 (주)삼양출판사 · 드림북스
주소 서울시 강북구 도봉로 173
대표 전화 02-980-2112 **팩스** 02-983-0660
출판등록 1999년 3월 11일 제9-00046호

ⓒ 권인호, 2016

ISBN 979-11-313-0613-0 (04810) / 979-11-313-0246-0 (세트)

드림북스는 (주)삼양출판사의 판타지 · 무협 문학 브랜드입니다.

권인호 신무협 장편소설 ORIENTAL FANTASYSTORY & ADVENTURE

천하제일 쟁자수

10

dream
books
드림북스

목차

천하제일 쟁자수

第一章

한 수 청해도 되겠습니까?

"으아! 추워 뒈지겠네!"

루하가 으슬으슬 떨리는 몸을 부여잡으며 짜증스럽게 투덜거렸다.

물론 그동안에도 견디기 힘들 정도로 추웠다. 하지만 지금까진 맛보기에 지나지 않았다. 길고 긴 여정 끝에 비로소 북해에 접어들자, 이보다 더 추울 수는 없겠다 생각한 것이 무색하게도 지금까지와는 차원이 다른 추위가 표행단을 덮쳤다.

표행단을 더 지치게 하는 것은 끝도 없이 펼쳐진 빙원이었다.

시야가 닿는 모든 곳이 빙판이다. 길도 지표도 없다. 방향조차 잡을 수 없는 그 넓은 빙판 위에서 몇 날 며칠을 가도 보이는 건 질릴 정도로 똑같은 풍경이다.

이곳에선 중원에서 가져온 지도는 무용지물이었다. 지도 한 장 달랑 믿고 북해빙궁으로의 표행을 선택한 것이 얼마나 안일하고 무지한 행동이었는지 등골이 서늘하도록 뼈저리게 깨닫는다.

'북해빙궁에서 사람이 나오지 않았으면 진짜 어쩔 뻔했어?'

모르긴 몰라도 미로보다도 더 미로 같은 이 얼음길 위에서 헤매고 헤매다 굶어 죽지 않았을까?

'그걸 생각하면 참 고마운 사람들인데 말이야.'

앞장서서 길을 안내하고 있는 북해빙궁의 무사들에게로 눈을 던진다.

뒷등에서마저 느껴지는 저 끝 간 데 없는 오만함이란 참…… 고마움을 느낄 새도 없이 짜증부터 치밀게 한다.

여기까지 오는 내내 참 일관되게도 시건방졌다. 안하무인 그 자체다. 그래도 명색이 중원 제일 고수로 불리는 자신이건만 중원 무림 따위 아예 안중에도 없다는 태도다.

'이래서 무식하면 용감하다고들 하는 거지.'

우물 안 개구리가 따로 없는 저들에게 한번 실력 발휘를

해서 눈이 휘둥그레질 정도로 개안을 시켜 줄까 하는 생각
도 들지만, 마땅한 계기가 없다.

'아무 계기도 없이 생뚱맞게 실력 자랑을 하는 건 좀 없
어 보이기도 하고 말이지.'

그래서 참고 있긴 한데, 그래도 중원으로 돌아가기 전에
는 어떤 빌미를 잡아서라도 저 무지몽매한 자들의 콧대 한
번 아주 제대로 꺾어 주고 말리라 다짐을 하는 루하다.

"도착한 것 같습니다."

굳이 모옹이 말을 하지 않아도 알 수 있다.

앞장서 가던 북해빙궁의 무사들이 마침내 길을 멈췄으니
까.

그러나 아무것도 없다. 아무것도 보이지 않는다. 그들의
앞에 펼쳐진 것은 여전히 지금까지와 하등 다를 것이 없는
빙원밖에 없었다.

하지만 잠시 멈췄던 북해빙궁의 무사들이 다시 걸음을
내딛고 그들을 따라 열 장 정도를 걸어 들어가자 안개가 자
욱해지더니, 다시 얼마간을 더 걷자 자욱했던 안개가 걷히
며 풍경이 완전히 달라졌다.

온통 얼음뿐이던 빙원에 계곡이 있고 냇물이 흐른다. 심
지어 한쪽에는 들꽃도 만발해 있다.

눈과 얼음으로 뒤덮인 북해와는 도무지 어울리지 않는 이 녹음의 정취라니?

"집주인의 취향이 참 남다르네."

"취향?"

설란이 피식 실소를 흘리며 하는 말에 루하가 황당해 한다.

"야, 이건 취향의 문제가 아니잖아. 꽃이 있다고, 꽃이! 시냇물이 졸졸졸 흐르고 있다니까?"

"저거 조화야."

"뭐?"

"정교하게 만들어진 조화야. 시냇물도 인공적으로 만들어진 거고. 계곡이며 폭포도 죄다 기관 장치야."

"뭐야? 저게 다 가짜라고?"

"생각해 봐. 눈앞의 풍경은 달라졌지만 기온은 여기나 저 밖이나 똑같잖아. 이렇게 추운 곳에 중원에서나 볼 수 있는 저런 들꽃이 피어 있다는 게 말이나 되니? 저 계곡물은 어떻고. 저 정도 흐름이면 중원의 겨울에도 꽁꽁 얼어 버릴 텐데 하물며 이곳 북해에서야 오죽하겠어? 전부 다 만든 거야. 이 정도 규모면 그 속에 들어간 기관 장치는 어마어마할 거야. 돈도 어마어마하게 들었을 테고. 모르긴 몰라도 빙산을 통째로 깎아서 만들었을 테니까."

그녀의 말을 듣는 중에도 살피고 또 살피지만 도무지 가짜 같지가 않다. 그녀의 말마따나 어마어마한 공을 들이지 않고는 불가능한 공사일 것이다.

'북해에서 중원의 정취를 보게 되다니…… 취향 한번 진짜 고급지긴 하네.'

자신이라면 돈이 썩어 문드러진다고 해도 이런 헛짓거리는 하지 않을 테지만 말이다. 그래도 이 정취를 보고 나니 새삼 북해빙궁의 궁주라는 사람에 대해서 궁금해지긴 한다.

그리해 바쁜 걸음으로 북해빙궁의 무사들을 쫓는데, 그렇게 얼마간을 더 가자 이번엔 고루거각이다.

나무로 기둥을 세우고 기와로 지붕을 덮었다. 줄지어 이어진 이중 처마의 높은 전각들까지…… 중원에서나 볼 수 있는 고루거각이 이 춥고 먼 타지의 땅에 그 위용을 드러내고 있는 것이었다.

이로써 확실해졌다.

시건방져 보일 정도로 북해빙궁에 대한 자부심이 대단한 여기 이 북해빙궁의 무사들과는 달리, 정작 북해빙궁의 주인은 중원성애자라는 것.

그건 지금 루하에겐 썩 나쁘지 않은 것이었다.

'적어도 저 작자들보다는 말이 좀 통할지도.'

혼천마교에서 그 무시무시한 괴물들을 만들기 위해 호시탐탐 표물을 노리는 상황에서 비록 절반일지라도 표물을 여기에다 두고 갈 수는 없는 노릇이다. 설득을 하든 협박을 하든, 그도 되지 않는다면 완력을 쓰는 한이 있더라도 북해빙궁의 주인과 담판을 지을 생각이었다. 그러기 위해 도중에 인수인계를 하겠다는 북해빙궁 무사들의 의견을 무시하고 굳이 여기까지 따라온 것이 아니던가.

그런 상황에서 담판을 지어야 할 상대가 중원에 대한 호의를 가지고 있다면 이보다 더 좋을 수가 없는 것이다.

그렇게 조금은 가벼워진 마음으로 그 고루거각에 이르자 기다리고나 있었다는 듯 문이 열리며 왜소한 체구의 소녀 하나가 걸어 나왔다.

"관주님, 먼 길 고생이 많으셨어요."

소녀가 양손을 합장하며 공손히 말했고, 이에 비마관 관주 여홍도 공손히 합장을 취해 보이며 물었다.

"아닙니다. 고생이랄 게 있습니까. 한데, 궁주님께선······?"

"어제 수미동(修迷洞)에 드셨어요."

"허면 다시 빙기가······."

소녀의 말에 여홍이 흠칫 놀라며 그렇게 중얼거리다 등 뒤의 루하를 의식하고는 말끝을 흐린다. 그러자 소녀가 화제를 돌리려는 듯 시선을 표행단 쪽으로 던진다.

"저분들인가요? 중원에서 온 표행단이?"

"예. 도중에 인계를 받겠다는데도 부득불 여기까지 따라오더군요."

여홍의 말에 소녀의 눈길이 표행단을 훑는다. 그러다 루하에게 잠시 멈추는가 싶더니 성큼 걸음을 옮겨 묻는다.

"혹시 쟁천표국의 국주님이신 삼절표랑 정루하 대협이신가요?"

"예. 제가 쟁천표국의 국주인 정가입니다."

루하의 말에 찰나 간 소녀의 눈이 이채를 띤다 싶은 순간, 이내 소녀가 여홍에게 했던 것과 같이 합장을 하며 인사를 건넨다.

"북해빙궁 검각(劍閣)의 각주 교위연(嬌危戀)이에요. 중원 제일 고수의 위명은 익히 들어 알고 있어요. 한 번쯤 뵙고 싶었던 분을 이렇게 뵙게 되어서 정말 영광이에요."

오만하기 이를 데 없던 여홍 때와는 다르게 민망할 만큼 높이 추켜세운다.

하지만 루하는 우쭐해하지도, 얼굴을 붉히지도 않았다.

대신 놀란 눈을 동그랗게 떴다.

'검각의 주인이라고?'

놀랐다.

루하뿐만이 아니었다. 설란을 비롯해서 장청과 모웅, 표사들 전부가 루하와 같은 표정을 하고 있었다.

그도 그럴 것이, 검각이라고 하면 백인각(百忍閣), 지밀원(至密院), 무해관(武海館)과 더불어 북해빙궁을 지키는 네 개의 하늘 중 하나였다.

북해빙궁과 마찬가지로 그 네 개의 하늘조차 무림에는 이름만 알려져 있지, 정확이 어떤 곳인지 제대로 아는 사람은 없었다. 하지만 북해빙궁이 은원을 쫓아 중원을 넘을 때면 항상 그 네 개의 하늘이 같이했기에 무림인들에겐 북해빙궁이란 이름만큼이나 크고 두려운 것이었다.

그런데, 겨우 열여섯이나 되었을까 싶은 소녀가 그중 하나의 주인이라니?

그 모가지 빳빳하던 여홍이 왜 어울리지 않게도 이 어린 소녀의 앞에서 언행에 상당히 조심했는지 그제야 이해가 되면서도 더 혼란스럽다.

루하는 새삼스러운 눈으로 교위연을 살폈다.

아무리 봐도 앳된 얼굴이다.

머리가 자신의 가슴에도 닿지 않을 정도로 작고 왜소하다. 그런데도 어딘지 범접하기 어렵게 느껴지는 것은 단지 기분 탓은 아닐 것이다. 게다가 그 작은 체구에 어울리지 않게도 등 뒤로 걸치고 있는 검은 그녀의 머리보다 한 뼘은 더 솟아올라 있을 만큼 컸다. 그런데도 지금껏 별다른 어색함을 느끼지 못했을 만큼 자연스럽다.

보면 볼수록 기이한 느낌이다.

그다지 예쁜 얼굴은 아닌데도 그 기이함에 이상하게 한 번 닿은 눈길을 뗄 수가 없다.

그때 여홍이 교위연에게 물었다.

"이자들을 어떻게 할지 따로 궁주님의 말씀은 없으셨습니까?"

여홍의 말에 교위연이 고개를 젓는다.

"그럼 궁주님께서 나오실 때까지 궁에 머물게 하시는 것이 어떻겠습니까?"

"예?"

여홍의 말이 의외였는지 교위연이 의아해한다.

그녀가 아는 여홍이란 사내는 북해빙궁에 대한 자부심 하나로 살아가는 사내였다. 그에게 있어 북해빙궁은 신앙이고 목적이며 이유였다. 그런 만큼 북해빙궁 이외의 것은 지나칠 정도로 배척했다. 그런 그가 표행단을 북해빙궁에 들이겠다고 말하고 있는 것이다.

사실 중원 무림에 대한 호기심과 중원 제일 고수에 대한 호승심이 어우러져 진즉에 궁 안으로 들이고 싶었던 그녀였다. 오히려 여홍의 심기를 살피느라 쉽게 말을 꺼내지 못하고 있는 상황이었는데 여홍이 먼저 그렇게 말을 꺼내 주니 뜻밖이기도 하고 반갑기도 했다.

"관주님께서 그렇게 하시겠다고 하면 저야 반대할 이유가 없습니다만…… 하온데 왜?"

"아무래도 북해빙궁이 너무 오랫동안 중원에 얼굴을 비치지 않았던 모양인지, 중원 무림이 우리 북해빙궁을 너무 우습게 보는 것 같아서요."

그렇게 말하며 루하를 향해 눈을 부라리는 여홍이다.

"북해빙궁을 우습게 보다니요?"

교위연이 다시 의아해하며 묻자 여홍이 루하를 보며 이번엔 콧방귀를 뀌었다.

"흥! 글쎄 우리 북해빙궁더러 고작 도적들 하나 감당 못 할 거랍니다."

"예? 그게 무슨……."

교위연이 루하를 본다.

"정말 그렇게 말씀하셨나요?"

쏘아오는 눈빛이 조금 전과는 사뭇 다르다.

교위연의 생각지 못한 추궁에 곤혹스러운 표정을 짓는 루하다.

"아니, 그게…… 도적이긴 해도 보통 도적들이 아니라……."

"허면 정말 우리 북해빙궁이 도적들 하나 감당 못 할 거라 생각하시는 건가요?"

교위연의 눈빛이 한층 더 날카롭게 루하를 찌른다.

여홍과 사실 별다를 것 없는 반응이다. 똑같은 반응인데
도 이상하게 교위연에게 그런 추궁을 당하니 아무 대꾸를
못 하겠다. 주눅이 든다고 할지 어렵다고 할지…… 아무튼
그렇게 루하가 곤혹스러워하며 쓴웃음만을 짓고 있자, 거
보란 듯이 여홍이 말했다.

"그것 보십시오. 중원 무림이 북해빙궁을 얼마나 우습게
보면 저런 생각을 하겠습니까? 그러니 이참에 북해빙궁에
들어서 저 무지한 자들에게 북해빙궁이 어떤 곳인지 제대
로 보여 줘야 하지 않겠습니까!"

누렁이도 제 집에서는 절반은 먹고 들어간다고 하던가?
지금까지도 충분히 거만했지만 지금은 그보다 더 거만한
얼굴로 한껏 턱을 치켜들고는 눈썹을 실룩실룩하는 여홍이
었다.

"그러니까 그 도적들이 보통 도적들이 아니라니까……."

뭐라 한들 한번 삐뚤어진 눈빛은 변하지 않는다.

여홍의 반응이야 익숙해질 대로 익숙해져서 별로 신경이
안 쓰이지만 교위연의 눈빛만큼은 따끔따끔하다. 마치 자신
이 이 어린 소녀에게 큰 잘못이라도 한 것처럼, 뭔가 어른으
로서 해서는 안 될 짓을 하기라도 한 것 같은 찝찝한 기분.

'거 참, 도적을 감당하기 어려울 거라는 말이 이렇게까지 날을 세울 일이야?'

강시가 나타나기 전만 해도 대녹림 시대를 맞아 크게 홍역을 치렀던 중원 무림이다. 중원 무림에서 도적의 위상이란 건 한때 구대문파를 넘어서기까지 했다.

'게다가 내가 뭐 없는 말을 한 것도 아니고 말이지.'

도적도 도적 나름이지, 상대는 혼천마교다. 거기다 자신조차 감당하기가 쉽지 않은 괴물이 둘이나 있다. 북해빙궁이 아무리 대단하다고 해도 상대가 안 되는 건 안 되는 거다.

따가운 눈총에 불편한 웃음을 머금으면서도 루하가 자신의 생각을 꺾지 않자 교위연이 가는 숨을 길게 내쉬며 말했다.

"여 관주님의 말씀대로 여러분들께는 필히 북해빙궁의 진면목을 보여 드릴 필요가 있을 것 같군요. 어떠신가요? 북해빙궁에 머무르시며 그 눈으로 직접 북해빙궁을 담아 보시겠습니까?"

말해 무엇할까. 어떻게든 표물에 대해 북해빙궁의 궁주와 담판을 지어야 하는 입장이다. 당장 떠나라 해도 붙들고 늘어져야 할 판에 먼저 머무르라 하는데 마다할 이유가 없다.

"저도 보고 싶군요. 풍문으로만 듣던 북해빙궁의 진실된 모습이 과연 어떠한지. 이참에 북해빙궁의 궁주님께도 인사를 여쭙고 싶은데……."

루하가 슬쩍 그렇게 운을 떼자 교위연이 곤란한 표정을 한다.

그녀가 왜 그런 표정을 하는지는 아까 엿들은 여홍과의 대화만으로도 어느 정도 짐작은 된다.

수미동이란 곳에 들었다고 했다.

쟁천표국의 귀를 의식해 뒷말을 흐리긴 했지만 빙기 어쩌구 하면서 표정이 굳던 여홍의 태도로 보아 궁주의 신변에 뭔가 좋지 않은 문제가 생긴 것이 틀림없었다. 그럼에도 루하가 그렇게 운을 뗀 것은 한 번 더 확인해 보자는 생각에서였다.

'역시 궁주의 신변에 뭔가 문제가 있긴 있는 거군.'

더 캐묻지 않았다.

더 캐묻는다고 해서 말해 줄 것 같지도 않거니와 어차피 크게 바쁜 일도 없는 만큼, 이왕 북해까지 온 마당이니 궁주란 자를 만날 때까지 몇 날이고 몇 달이고 아주 죽치고 눌러앉을 생각이었다.

그러나…….

"우리더러…… 여기서 묵으란 말씀입니까?"

루하가 황당해하며 교위연을 본다.

교위연의 안내를 받아 어느 전각에 왔다. 그곳 역시도 중원의 정취가 물씬 풍겼다. 심지어 객방 안 병풍은 용사비등의 필체로 도연명(陶淵明)의 고시가 적혀 있었고, 한쪽에는 중원의 자기와 그림이 어우러져 고풍스러운 멋까지 풍기고 있었다.

그래. 거기까진 딱 좋았다.

하지만,

"대체 여기가…… 사람이 잘 수가 있는 방입니까?"

루하가 그렇게 황당해하며 교위연을 보는 이유.

"어떻게 사람이 이런 냉골에서 잠을 잡니까?"

그랬다. 이 고풍스러운 방에 가득 차 있는 것은 천산의 얼음골인들 이러할까 싶을 정도의 살벌한 냉기였다.

"이거 손님 대접이 너무한 거 아닙니까?"

가뜩이나 추위라면 질색인 루하다. 빙원 위에 세워진 고루거각을 보며 비로소 이 지긋지긋한 추위와는 안녕이겠구나 잔뜩 기대했던 그이기에 방 안 가득한 냉기를 접한 순간 치밀어 오르는 짜증을 주체하기 힘들었다.

"여기 말고 다른 방 없습니까?"

거친 말투로 그렇게 묻자 교위연이 고개를 젓는다.

"다른 방도 마찬가지예요. 본 궁에선 불을 쓰지 않으니까요."

"불을 쓰지 않는다고요?"

"예. 그게 본 궁의 법도죠. 그래서 여기엔 밥을 지을 아궁이도 없고 방을 데울 화로도 없어요. 그건 손님이라고 해서 예외가 될 수 없구요. 그러니…… 화로를 가지고 계시다고 해도 이곳에선 그걸 사용하셔서는 안 됩니다."

"그게 무슨…… 그럼 우리더러 얼어 죽기라도 하라는 겁니까? 아니, 그 전에 북해빙궁에선 밥도 안 짓고 고기도 안 굽습니까?"

"밥도 짓고 고기도 굽습니다. 단지 불을 사용하지 않을 뿐이에요."

불을 쓰지 않는데 대체 무슨 수로 밥을 짓고 고기를 굽는단 말인가?

황당함의 연속이다. 무슨 말인지도 모르겠고 무슨 의도인지도 모르겠다.

그렇게 루하가 어이없어 하고 있자 교위연이 루하의 그런 격한 반응이 이해가 안 된다는 듯 묻는다.

"한데…… 대협 정도 되는 고수분이시라면 한서에 구애될 분은 아니지 않나요?"

"한서에 아주 막 장난 아니게 구애되는 사람입니다만?

제가 세상에서 제일 무서워하는 게 한서입니다. 덥고 추운 거 정말 딱 질색이란 말이죠."

루하의 말에 이해가 안 된다는 듯, 혹시 농담을 하는 건가 하는 눈빛으로 루하를 보는 교위연이다. 그러다 정중히 양해를 구한다.

"불편하시더라도 넓은 아량으로 이해해 주셨으면 해요. 본 궁은 천 년을 그렇게 살아왔으니까. 죄송하지만 쟁천표 국분들을 위해 저희가 해 드릴 수 있는 건 따뜻한 이불을 준비해 드리는 것밖에 없습니다."

그걸로 할 말 다 했다는 듯 다시 합장을 해 보이고는 객청을 나가 버리는 교위연이다.

"혹시 쟤…… 아까 도적들을 감당 못 할 거라고 했던 것 때문에 아직도 꿍해 있는 거 아냐?"

"설마 그 때문에 앙심이라도 품고 우리를 이런 냉골에 집어넣었을 거라는 소리니?"

설란이 설마하며 루하를 보자 오히려 확신에 찬 얼굴을 하는 루하다.

"아냐. 확실해! 은혜는 두 배로 갚고 원수는 열 배로 갚는다는 게 북해빙궁의 신조라잖아. 그 말 한마디의 열 배가 이 냉골이지 말라는 법이 없잖아?"

루하의 말에 설란이 뭐라 대꾸를 하려는데, 연화가 끼어

들었다.

"북해빙궁 입장에서는 듣기에 따라서 충분히 모욕으로 받아들일 수 있는 일이지. 그들은 혼천마교에 대해서도 모르고 재생을 완성한 자들의 무서움에 대해서도 전혀 알지 못하니까. 모욕에 대한 열 배의 대가가 이 방이라면 오히려 싸게 먹힌 거 아냐?"

그렇게 말하더니 대뜸 그 냉기 가득한 방 안으로 들어가 한쪽 침상에 엉덩이를 깔고 앉는다. 그런 그녀의 얼굴에는 착각이었을까 싶게 한줄기 미소까지 스쳐 갔다.

물론 착각이 아니다.

"너한테나 싸게 먹힌 거겠지!"

어디 싸게 먹힌 정도겠는가. 소수혈마공을 익힌 그녀에 겐 이 지독한 냉기는 한여름에 먹는 빙수나 다를 바 없을 것이었다.

'그러니 저렇게 태평할 수 있는 거고.'

하지만 루하에게 이 냉기는 모욕에 대한 열 배의 대가치 고는 너무 가혹했다.

"나는 진짜 나름대로 북해빙궁을 생각해서 한 말이었는 데 말이야. 계집애가 생긴 건 착하게 생겨서 마음 씀씀이는 왜 이렇게 고약한 거야?"

"그러니까 이건 그렇게 단정할 게 아니라니까. 그냥 원칙이 그렇대잖아."

"흥! 그딴 원칙 내가 알 게 뭐야? 애당초 불이 없는데 밥을 짓고 고기를 굽는다는 것부터가 말이 안 되는 거지. 그냥 아무렇게나 나오는 대로 둘러대는 것뿐이라고."

이미 교위연의 속 좁은 복수심으로 단정을 지어 버린 루하에겐 설란의 말도 전혀 귀에 들어오지 않았다.

"아, 진짜. 여기서 어떻게 밤을 보내냐고!"

        *   *   *

"으으으……."

숨을 토할 때마다 하얀 입김과 함께 절로 신음 소리가 새어 나온다.

따다다다다다다.

이빨은 쉴 새 없이 부딪치고 한 번씩 스며드는 냉기에 머리털이 다 곤두설 지경이다.

그나마 기댈 것이라고는 교위연이 준비해 준 그 따뜻한 이불인데, 무엇으로 만들어진 것인지는 모르겠지만 확실히 보통의 이불보다는 따뜻했다. 아마 그거라도 없었으면 이렇게 누워 있지도 못했을 것이다. 물론 지금도 그냥 일어나서 다시 달밤에 체조라도 해야 하나 심각하게 고민을 하고 있지만 말이다.

그렇게 루하가 생존을 위해 갈등을 거듭하고 있을 때였다. 어쩐 일인지 진하게 뿌려지던 입김이 옅어진다 싶더니 꽁꽁 얼어붙은 방 안 냉기가 서서히 물러가면서 그 자리를 어떤 온기가 채운다.

'뭐지?'

이 온기의 정체는 뭘까?

호기심이 일었다. 하지만 그럼에도 이 기분 좋은 온기 속을 떠나고 싶지 않다.

갈팡질팡하는 마음.

그러나 그것도 잠시, 이내 이불을 박차고 몸을 일으키는 루하다. 온기가 주는 달콤함보다는 호기심이 주는 간질간질함이 더 컸던 것이다. 그리해 밖으로 나오자 객실 반대쪽에서 작은 인기척이 느껴졌다.

"……?"

뭔가 싶어 인기척을 따라 객실 밖을 도는데, 그런 그의 시야로 어둠 속에서 작은 그림자 하나가 들어왔다.

'교위연?'

다름 아닌 교위연이다.

'저기서 뭐하는 거지?'

교위연은 지금 그가 묵고 있는 객실 벽면에 손바닥을 대고 있었다. 그런데 괴이한 것은 그녀의 손바닥이 달구어진 불쏘시개마냥 시뻘겋게 달아올라 있다는 것이다.

'홍염장?'

시뻘겋게 달아오른 교위연의 손을 확인한 순간 홍염마수 이우경의 홍염장이 루하의 뇌리를 스쳤다. 그만큼 닮았다. 하지만 다르다. 지금 교위연의 손은 이우경의 홍염장보다 훨씬 더 붉고 강렬했다.

그게 정확히 무슨 무공인지는 모르지만 어떤 종류의 무공인지는 안다.

'화공……'

분명 화공이었다. 객실 안의 온기도 바로 저 화공에서 비롯된 것이 틀림없었다.

'쟤가 왜 화공을 익혀?'

북해빙궁을 대표하는 것은 강력한 빙공이었다. 북해빙궁의 대명사와도 같은 빙백신장을 제외하더라도 지금껏 북해빙궁을 통해 세상에 나온 무공은 단 하나의 예외도 없이 빙공이었다. 그러니 이런 곳에서, 그것도 북해빙궁 네 개의 하늘 중 하나인 검각의 주인에게서 화공을 보게 될 거라고 어찌 상상이나 했겠는가.

루하가 그렇게 얼떨떨해하고 있을 때였다.

그의 기척을 느꼈는지 교위연이 흠칫하며 루하에게로 고

개를 돌린다.

"안 주무셨나요?"

루하에게 걸어오며 그렇게 묻는다.

"그러는 각주님께서는 여기서 뭐하십니까?"

"……."

"혹시 마음이 쓰이셨던 겁니까? 제가 제일 무서워하는 게 한서라고 해서?"

"……."

대답은 없다. 하지만 똑바로 마주해 오는 눈빛은 긍정이었다.

북해빙궁을 무시한 것에 대한 속 좁은 복수쯤으로 생각했는데 그건 아니었나 보다.

"그럼 밤새 여기서 이러고 있을 참이었습니까? 내가 깰 때까지?"

"말씀드렸다시피 본 궁은 불을 쓸 수 없으니까요. 그렇다고 손님이 괴로워하는 걸 뻔히 아는데 주인 된 도리로 모른 척할 수도 없는 노릇이고."

정말로 그가 깰 때까지 두 시진이고 세 시진이고 그러고 있을 생각이었던 모양이다.

'이거 좀 감동인데?'

그저 속 좁고 꽉 막힌 계집애로 생각하다 이런 배려를 접하고 보니 감동이 두 배다. 그런 한편으로 그제야 알았다.

"북해빙궁에선 그럼 화공으로 밥을 짓고 고기를 굽는 겁니까?"

화공으로 밥을 짓고 고기를 굽는다. 문득 그게 과연 어떤 맛일까 하는 궁금증이 치밀지만, 어쨌든 천 년을 불 없이 살아온 북해빙궁인 만큼 그건 단지 교위연에게만 국한된 것은 아닐 것이다. 그렇다는 것은 알려진 것과는 달리 북해빙궁의 근간은 빙공이 아니라 화공일 수도 있다는 뜻이었다.

세상이 모르는 놀라운 진실을 앞에 두고 루하가 눈을 빛내자 잠시 그런 루하를 지그시 바라보던 교위연이 한마디 툭 던졌다.

"실례가 되지 않는다면…… 한 수 청해도 되겠습니까?"

第二章

북해빙궁 천 년의 정수를 훔치다

"실례가 되지 않는다면…… 한 수 청해도 되겠습니까?"

도전인지 도발인지 모를 말을 툭 던지는 교위연의 눈빛은 잔잔했다.

그 잔잔한 눈빛이 오히려 서늘해서 지금까지의 소녀 같기만 하던 풋풋함을 지운다.

'검각의 주인…….'

이 눈앞의 소녀가 북해빙궁 네 개의 하늘 중 하나인 검각의 주인이라는 것을 새삼 떠올리게 된다.

"벌써 북해빙궁의 진면목을 보여 주시겠다는 겁니까?"

"그럴 리가요. 저 같은 게 뭐라고 북해빙궁을 대변할 수 있겠어요. 하지만 대협이라면 능히 중원 무림을 대표할 수 있는 분이시니 중원 무림의 힘을 한번 견식해 보려는 거죠. 기회를 주시겠어요?"

루하가 히죽 웃었다.

"저를 위해 각주님께서 밤새 수고를 마다 않으시려 하셨는데 저도 성의는 보여 드려야죠. 알겠습니다. 이참에 각주님께 북해의 무공이란 것을 한 수 배워 보도록 하죠."

루하에게야 굴러 들어온 떡이다. 생각지 않게 풍문으로만 듣던 북해빙궁의 무공을 직접 경험해 볼 수 있는 기회가 생겼는데 마다할 이유가 없는 것이다.

그리해 연무장인지 공터인지 모를 공간에 교위연을 마주하고 섰다.

그 순간 루하의 뇌리를 스친 첫 번째 생각은 교위연의 등 뒤로 머리통 하나만큼 더 높이 올라 있는 그녀의 검에 대한 걱정이었다.

'저게 뽑아지기는 하나?'

검집에 묻힌 검신만 해도 그녀의 키보다 커 보인다. 더구나 등 뒤에 있다. 왜소한 체구만큼이나 짧은 팔로 과연 저 검을 뽑을 수나 있을까?

그러나 괜한 걱정이었다. 교위연이 굳이 손을 뻗을 것도

없이,

스르릉—

스스로 검집을 벗어나 두둥실 허공으로 떠오른 검이 마치 자석에라도 끌리듯 그녀의 손 안으로 쏙 들어간 것이다.

'격공섭물⋯⋯.'

길이는 여섯 자가 넘고 폭은 다섯 치다. 족히 백 근은 넘어 보이는 검을 격공섭물로 저토록 간단히 움직이다니⋯⋯. 모르긴 몰라도 저 정도의 격공섭물이라면 적어도 이 갑자 이상의 내공이 없이는 불가능할 것이었다.

새삼 나이가 의심스러워 물었다.

"혹시 지금 몇 살입니까?"

뜬금없다 싶었는지 교위연이 의아히 루하를 본다.

어찌 들으면 무례한 질문일 수도 있다. 하지만 교위연은 굳이 숨길 것이 없다는 듯 대답했다.

"열일곱이에요."

짐작했던 것에서 별로 차이가 없다.

고작 열일곱의 나이에 이 갑자 이상의 내공에 검각의 주인이라는 지위까지 가지고 있다.

'소위 말하는 천재형인가? 아니면 기연?'

아마도 두 가지 다가 아닐까 싶다.

그러고 보면 그가 조화지기를 얻은 것도 저 나이 때였다.

홍염마수를 꺾고 사왕 잔혹도마 구귀광을 죽여 일약 무림의 기린아로 화려하게 새 삶을 연 것이 바로 열일곱 살 때였다.

생각이 거기에 이르자 이 여자아이가 얻은 기연은 어떤 것인지, 그리해 지금 가지고 있는 실력은 어느 정도인지 조금 더 궁금해졌다.

"그럼 시작해 볼까요?"

루하가 그렇게 운을 떼자 교위연이 자신보다 큰 검을 머리 위로 들어 올리며 자세를 잡았다.

루하도 검을 뽑았다.

"연장자인 제가 선수를 양보하는 게 모양새가 좋겠죠?"

루하는 시종일관 여유로웠다. 그 모습이 심기를 건드렸는지 눈썹이 불쾌히 꿈틀거리는 교위연이다. 하지만 사양하지 않았다.

눈빛을 날카롭게 하며 무겁게 고개를 끄덕이는가 싶더니,

"빙룡섬(氷龍閃)!"

그 즉시 사납게 일갈하며 대검을 거침없이 내려친다.

쿠와아아아아—

대검이 땅을 때리자 괴성이 쩌렁쩌렁 울리고 얼음 폭풍이 몰아친다. 그 속에서 불쑥 튀어나오는 거대한 형체는 경악스럽게도 용이었다.

용의 형태를 한 냉기 덩어리가 성난 파도처럼 거침없이 루하를 덮쳐 가고 있는 것이었다.

'뭐, 뭐야, 이건?'

처음은 탐색전 정도일 거라 생각했다.

이 작고 어린 소녀가 시작부터 이런 강력한 공격을 전개해 올 거라고는 전혀 생각 못 하고 있었다. 하물며 빙공이라니?

'쟤가 익힌 건 화공이었잖아?'

하지만 놀라고 있을 틈이 없다.

예상치 못한 공격으로 잠시 주춤한 탓에 코앞까지 다다른 빙룡이 그를 씹어 삼킬 듯이 아가리를 쩍 벌리고 있었다.

루하는 급히 검을 세웠다.

까가가가가가각!

빙룡의 이빨이 루하의 검을 부술 듯이 몰아친다. 그 힘이 어찌나 강했던지 한 걸음을 뒤로 물려서야 겨우 여력을 지울 수 있었다. 물론 워낙에 갑작스러운 일격이라 전혀 대비를 못 한 탓이긴 했지만 그래도 가슴이 서늘해 오는 건 어쩔 수 없었다.

루하가 놀란 눈으로 교위연을 본다.

교위연은 애초에 다음 공격은 생각하지 않았다는 듯, 선

공 양보는 그 정도면 충분하다는 듯 처음 그대로 그 자리에 서서 루하를 보고 있었다.

루하가 물었다.

"어째서 화공이 아니라 빙공입니까?"

조금 전 객실 벽을 통해 열기를 밀어 넣고 있던 그녀의 손에는 화정(火精)의 기운이 담겨 있었다. 그것도 홍염마수의 홍염장을 능가할 정도로 짙고 강렬한 화정이었다. 그런데 방금 그 빙룡은 뭐란 말인가?

'사람의 몸으로 음과 양의 내공을 동시에 익히는 건 불가능하다고 했는데?'

설란이 그랬다. 무림사에 음양의 내공을 동시에 익힌 전례는 없다고. 그 유일한 예외가 루하라고. 조화지기만이 그것을 가능하게 한다고.

그런데 어떻게 저 소녀는 음과 양을 동시에 거의 극점까지 익힐 수 있었던 것일까?

혼란스러워하는 루하의 눈을 마주 보며 교위연이 말했다.

"북해빙궁에는 양강의 무공이 없습니다. 북해빙궁의 모든 무공은 빙기를 통해서만 발현됩니다."

"하지만 아까는 분명……?"

"북해빙궁의 모든 무공이 빙공인 것은 맞지만, 제 단전에 있는 내공이 양강의 공부인 것도 맞습니다."

루하가 눈살을 찌푸렸다.

무슨 말인지 도통 알 수가 없다.

"방금 북해빙궁의 모든 무공은 빙기를 통해서만 발현된다지 않았습니까?"

교위연의 말대로 그녀가 익힌 내공이 양강의 공부라면 방금 전 그 빙룡은 어떻게 나온 것이란 말인가?

"빙기를 굳이 사람의 몸에 담아둘 필요는 없으니까요."

"……?"

"북해는 무한한 빙기를 머금고 있는 곳이니까요. 언제나 어느 때나, 바람에도, 공기에도……."

"그 말씀은 그러니까…… 북해의 기운을 끌어다 쓴다는 겁니까?"

"간단히 말하면 그렇죠."

"……."

황당하다고 할지 터무니없다고 할지…… 그렇게 허무맹랑한 중에도 맞아떨어지는 부분이 있다.

'그래서 북해빙궁이 한겨울에만 중원 무림을 넘었던 건가?'

북해빙궁의 별칭이 겨울에만 찾아온다고 해서 '겨울의 심판자'였다.

'재 말이 사실이라면 여름에는 영 기운을 못 쓸 테니.'

그러고 보면 들은 적이 있는 것도 같다.

자연과 합일되어 바람을 다스리고 심지어 비도 내리게 한다는…….

'자연경인가 뭔가 하는 경지?'

하지만 아니다.

"자연경과는 달라요."

루하의 생각을 읽었는지 교위연이 고개를 젓는다.

"자연경은 스스로 자연이 되어 육신에 구애를 받지 않죠. 하지만 저는 그런 높은 경지에는 아직 오르지 못했어요. 그래서 항상 육신의 한계와 아슬아슬한 줄타기를 해야하죠. 우리가 단전에 빙기가 아닌 화기를 담는 것도 그 때문이에요. 화기로 몸을 보호하지 않으면 빙기에 침범을 당하게 되니까. 그러니 화기가 두텁지 않으면 끌어다 쓸 수 있는 빙기의 양도 적을 수밖에 없죠."

빙기를 담기 위해 화기를 키운다.

뭔가 모순되는 듯하면서도 논리가 있다.

"육신에 구애를 받지 않고 빙기를 무한히 끌어 쓸 수 있게 되는 것, 자연경은 우리 북해빙궁의 영원한 숙제이자 염원이에요. 우리의 모든 공부는 자연경에 이르기 위한 과정이라 해도 틀리지 않죠. 어때요? 궁금한 것이 풀렸나요?"

이렇게까지 다 알려줘도 되나 싶을 정도로 솔직하게 털어놓는 말에 당장 궁금한 건 다 풀렸다.

루하가 크게 고개를 끄덕이자 교위연이 물었다.

"그럼 이번엔 제가 묻죠. 대협의 무공은…… 뭐죠?"

"……?"

뜻 모를 교위연의 질문에 루하가 멀뚱한 표정을 짓는다.

교위연이 질문을 달리했다.

"음과 양, 빙기와 화기, 어느 쪽인가요? 왜…… 두 가지가 다 있는 거죠? 아니면 제가 잘못 본 건가요?"

루하는 그제야 교위연의 질문이 무슨 의미인지 알았다. 그리고 그녀가 왜 그러한 질문을 하는지도 알았다.

그녀가 날린 그 살벌했던 빙룡을 막았을 때, 그의 의지와는 상관없이 두 개의 조화지기가 움직였다. 물의 기운이 만든 빙기와 불의 기운을 담은 화기가 그것이었다. 아마도 그 한 번의 충돌로 두 가지의 기운을 모두 감지한 모양이었다.

'그래서 나한테 그렇게 술술 다 털어놓은 거군.'

추운 곳에서만 힘을 쓸 수 있다는 건 북해빙궁 입장에서는 약점이라면 약점일 수 있는 것이다. 그런데도 그에게 숨기지 않고 털어놓은 것은 바로 지금 이 질문에 대한 답을 얻기 위함이 틀림없었다.

그런 의도라면 확실히 먹혔다.

상대가 자신의 약점까지 다 털어놓은 마당인데 어떻게 뻔뻔하게 그만 모른 척 입을 닫겠는가.

"두 가지 다입니다. 아까 그 용 대가리…… 빙기로 막고 화기로 녹였죠."

"그게 어떻게 가능하죠? 그럼 대협의 몸 안에는 음양이 공존한단 말인가요?"

"뭐 이를테면 그렇다고 할 수 있죠."

좀 더 솔직히 말하자면 음양뿐만 아니라 오행의 다섯 가지 기운이 모두 공존하는 것이지만.

물론 가르쳐줄 생각 없다. 아무리 그녀가 북해빙궁의 약점을 털어놓았다고 해도 굳이 묻지도 않는 것까지 까발릴 필요야 없으니까.

그런데,

"대협의 몸속에 공존하는 건 음양만이 아니로군요."

눈을 날카롭게 빛내며 추궁하듯 물어오는 그 말에 순간 저도 모르게 놀라서 헛바람을 들이키는 루하다. 하지만 그를 더 놀라게 한 것은 그 다음 말이었다.

"조화지기로군요. 천지무극조화지기를 품고 계신 거군요!"

표정 관리가 안 된다.

"어떻게……?"

설란 외에는 지금껏 그 누구도 알지 못했던 것을 어찌 교위연이 이토록 간단히 간파해 버린단 말인가?

"음양의 공존을 가능하게 하는 것은 천지간에 조화지기밖에 없으니까요. 조화지기를 얻은 것이라면 당연히 음양만이 아니라 오행의 다섯 가지 기운을 모두 가지고 있을 테구요."

"……조화지기에 대해 잘 압니까?"

"음과 양, 빙기와 화기의 첨예한 대립과 균형 속에서 천년을 이어온 북해빙궁이에요. 그 천형과도 같은 굴레를 벗어던질 수 있는 유이한 방법이 자연경과 조화지기죠. 자연경이 우리의 숙원이라면 조화지기는 꿈의 비약이라 해도 과언이 아니에요."

그러니 조화지기에 관해서라면 북해빙궁보다 잘 아는 곳은 세상에 없다.

교위연의 눈빛이 뜨겁다.

설마했다.

자신의 빙룡섬을 루하가 막아 냈을 때 찰나 간 빙기와 화기를 동시에 느꼈다.

처음엔 착각인 줄 알았다.

가능한 일이 아니니까.

하지만 되새기고 되새길수록 그것은 실제였다.

음과 양이 공존하고 있는 것이 틀림없었다. 그리고 음과 양이 공존한다는 것은 저 사내의 몸속에 조화지기가 깃들어 있다는 뜻이었다.

확인해야 했다.

무슨 일이 있어도 알아내야 했다. 그리해 말하지 말아야 할 것들까지 털어놓았다.

'두 가지 다입니다. 아까 그 용 대가리…… 빙기로 막고 화기로 녹였죠.'

그 한 마디를 듣기 위해서.

이 순간 루하를 향하는 교위연의 눈빛은 뜨거운 열망으로 강렬하게 빛나고 있었다.

'쟤 왜 저래?'

왜 저렇게 뜨거운 눈으로 날 보는 걸까?

저 뜨거운 눈빛이 끈적끈적함이라면야 '아! 이 치명적인 매력하고는. 이거 나날이 잘생겨지는 것도 피곤하네. 세상 여자들이 가만 놔두질 않아요.'라며 자아도취에라도 흠뻑 빠졌을 테지만, 저 눈빛은 끈적끈적함이 아니라 며칠 굶은 맹수의 먹이를 향한 탐욕 같은 것이었다.

그러니 부담스럽다. 아니, 조금 무서울 정도였다.

'분명 조화지기 때문인 것 같은데……'

하긴, 세상천지에 조화지기만 한 보물이 또 어디 있을까.

조화지기에 대해 알고 있다고 하니 저런 눈빛을 하는 것도 이해는 간다마는,

'그래도 저건 너무 노골적이잖아.'

그리고 복합적이다. 단순히 보물에 대한 탐욕 그 이상의 것이 있는 것 같았다.

하지만 별로 궁금하지는 않다. 지금 이 순간 루하를 사로잡고 있는 관심사는 그녀가 왜 저런 눈빛을 하는지가 아니었다.

북해의 기운을 끌어다 쓴다는 것.

'자연경인지 자연경 짝퉁인지는 모르겠지만……'

교위연에게 그 말을 듣는 순간부터 그의 머릿속은 온통 그 생각뿐이었다.

단순히 생전 처음 접해 보는 종류의 무공에 대한 호기심만은 아니었다. 직감이라고 할지 본능이라고 할지, 뭔가 근질거리는 게 있었다.

정확히 그 근질거림이 무엇인지는 모른다. 모르기에 더 신경 쓰였고, 북해빙궁의 무공에 대해 더 알고 싶었다. 그리해 검을 세웠다.

"우리 서로 이야기는 나중에 하고 하던 거나 마저 하죠?"

루하의 말에 교위연이 흠칫하며 루하를 본다.

그녀는 더 하고 싶은 말이 남았는지 살짝 입술을 달싹거린다. 하지만 그뿐이다. 입 안의 말을 삼키고는 다시 장검을 머리 위로 들어 올리며 자세를 잡는다.

하고픈 말은 많다. 조화지기에 대해 묻고 싶은 것도 많다. 그러나 그 못지않게 그녀 역시도 루하의 실력에, 그리고 그의 무공에 대해 호기심이 컸다.

천지간에 가장 신비롭고 강력하며 위대한 조화지기.

그 조화지기를 얻은 자.

전대미문이다.

조화지기에 대해 누구보다 잘 아는 그녀조차 사람이 그것을 취했다는 건 들도 보도 못했다. 그러니 그것이 사람을 통해 어떻게 발현되는지, 어떻게 작용을 하는지 정확히는 알지 못한다.

이 사내가 품은 각기 다른 다섯 가지의 기운은 어떻게 상생하며 공존하는 것일까?

천지간 가장 조화로운 기운을 품은 이 사내는 과연 얼마나 강할까?

그리고…… 조화지기와는 다른, 단지 기운만을 따진다면 오히려 조화지기보다 더욱더 강렬하게 뿜어나는 저 정체 모를 기의 파동은 또 뭘까?

알고 싶었다.

조화지기도, 저 낯선 기운도, 그리고 중원 제일이라 불리는 이 사내의 진실된 모습도.

"먼저 오세요."

교위연이 그렇게 말했다.

조금 전 양보받은 선수를 이번엔 자신이 양보하는 것이다.

자신 있다.

조화지기가 아무리 대단하다고 해도, 그가 가진 또 다른 기운이 아무리 강력하다고 해도 그럼에도 이길 자신이 있다.

'적어도 북해에서라면!'

북해의 이 무한한 빙기가 자신의 검에 머무는 동안에는.

'이긴다!'

세상 어느 누구에게라도.

그렇게 확신에 찬 교위연의 눈빛을 보며 루하는 기분 좋게 웃었다. 그리고 고개를 끄덕였다.

"그럼 기꺼이 제가 가도록 하죠."

사양하지 않았다. 그것이 그녀의 자존심이라면 그 정도는 세워 줄 아량이 있다.

"백룡토염(白龍吐炎)!"

"빙렬파(氷裂波)!"

강기를 품은 수천수만 조각의 얼음 화살이 루하를 갈기 갈기 찢을 듯이 덮쳐든다.

"공공극(空空極)!"

폭우가 되어 퍼부어지는 얼음 화살을 향해 루하가 손을 뻗자, 뻗은 손 주위로 마치 환상인 듯 검은 장막이 생기더니 그 검은 장막은 이내 얼음 화살들을 집어삼킨다. 아니, 집어삼킨다 싶은 순간,

"반반탄(反反彈)!"

루하의 일갈과 함께 삼켰던 얼음 화살을 교위연을 향해 고스란히 토해 낸다.

쏴아아아아—

더 빠르고 더 강해져서 돌아오는 얼음 화살을 보며 잘끈 입술을 깨무는 교위연이다.

"빙천개열(氷天開裂)!"

커다란 장검이 땅을 찍자,

콰콰콰콰콰콰콰콰—

지진이라도 난 듯이 얼음 땅이 찢어지며 찢어진 땅에서 얼음벽이 솟구쳐 그녀를 향해 퍼부어지는 얼음 화살을 막는다. 아니, 막았다 생각한 그때,

쾅—

맹렬히 덮쳐든 루하의 검이 그 빙벽을 산산조각 내 버리고는 그대로 교위연의 목을 노린다.

빠르고 날카롭다. 미처 다른 수를 생각할 새도 없이 차가운 검기가 목덜미를 서늘하게 한다. 그녀가 할 수 있는 거라고는 장검을 세워 루하의 검을 막는 방법밖에 없었다.

깡—

"큭!"

늦지 않게 막았는데도 그 순간 밀려드는 거력에 짧은 신음을 토하며 튕겨 나가는 교위연이다. 루하는 그것으로 멈추지 않고 그 즉시 튕겨 날아가는 교위연을 쫓았다. 그리고 단번에 거리를 좁혀 두 번째 공격을 가했다. 그런데, 그가 막 일격을 가하려는 순간이었다.

"빙령수혼(氷靈守魂)!"

튕겨 날아가던 그녀의 입에서 일갈 외침이 터진 그때, 그야말로 눈 한 번 깜빡할 사이를 수천 번 쪼갤 만큼 짧은 순간에 발밑의 빙판에서 일어난 수증기가 그를 옭아매어 버리는 것이 아닌가?

의지가 있는 것처럼.

실체가 있는 것처럼.

큰 힘은 아니었다. 큰 위협이 되지도 않았다. 하지만 그를 멈칫하게 만들기에 충분한 의외성이었다. 그렇게 그가

멈칫한 사이 교위연은 그와의 거리를 벌렸고 신형을 바로 잡음과 동시에,

"빙살수라정(氷殺修羅釘)!"

그를 향해 검을 뿌린다.

쿠오오오오—

엄청난 기운이었다.

태산이라도 부술 만큼 강력하고 맹렬했다.

루하도 물러서지 않고 검을 뿌렸다.

콰아아앙!

금속음이 아니라 폭발음이 터지고 루하와 교위연은 약속이라도 한 듯이 나란히 여섯 걸음씩을 물러났다.

그러나 둘의 표정만큼은 판이하게 달랐다.

루하는 신이 난 표정이다.

입꼬리는 기분 좋게 말려 올라가 있고 눈은 반짝반짝한다.

사실 루하는 가진 힘의 일 할밖에 쓰지 않았다. 이기기 위한 싸움이 아니라 즐기기 위한, 그리고 호기심을 충족시키기 위한 싸움이었으니까. 그렇다곤 해도 검을 쥔 손이 저릿저릿하다. 놀랍게도 저 어린 소녀가 방금 뿌린 힘은 강시의 힘에 버금가는 것이었다.

물론 매번 그런 힘을 낼 수 있는 것은 아니다.

실제로 북해빙궁의 무공이란 건 사술에 가까웠다. 대부분이 눈을 미혹하고 정신을 어지럽히는 것으로 채워져 있었다. 그러다 위기에 처했을 때나 반전이 필요할 때, 그리고 마지막 숨통을 끊어 놓으려 할 때마다 한 번씩 북해의 기운을 머금은 큰 한 방이 터진다.

아마도 그녀가 말했던 육신의 한계 때문이리라. 북해의 기운은 무한하지만 자연경에 이르지 못한 육신이 사용할 수 있는 건 유한한 양, 유한한 횟수인 것이다.

더 보고 싶었다. 더 알고 싶었다.

그래서 그녀를 위기로 몰았고 그때마다 그녀는 어김없이 북해의 빙기를 쏟아 냈다.

이걸로 다섯 번째다. 그리고 다섯 번째에 이르러 마침내 보았다. 비록 어렴풋이나마 짝퉁 자연경의 실체를. 북해의 기운을 어떻게 끌어다 쓰는 것인지를.

그리해 지금 루하는 신나고 들떠 있는 것이었다.

그런 그와는 반대로 교위연은 커다란 벽에라도 부딪힌 것처럼 암담해하고 있었다.

'내 상대가 아냐.'

인정하고 싶지 않지만 인정하지 않을 수 없다.

저 중원에서 온 사내는 자신을 가지고 놀고 있었다. 한두 수 차이가 아니다. 압도적인 실력의 차다.

하지만 물러설 수 없다.

이길 순 없다고 해도 얕보여선 안 된다.

지금 그녀가 할 수 있는 최선은 패배의 치욕은 당할지언 정 저 중원의 사내에게 북해빙궁이 결코 호락호락하지 않 음을 보여 주는 것이었다.

교위연이 다시 자세를 잡았다.

구오오오—

하늘로 높이 솟은 검이 한껏 북해의 빙기를 머금고,

"빙백수라무(氷白修羅舞)!"

빙백신장과 더불어 북해빙궁 최강의 무공인 빙백신검(氷 白神劍)이 펼쳐졌다.

콰콰콰콰콰콰콰쾅!

검이 향하는 곳에 눈보라가 치고,

콰콰콰콰콰콰콰쾅!

검이 이르는 곳에는 빙판이 갈라져 바다가 솟구쳐 오른 다.

쉴 틈 없이 이어지는 빙백신검은 루하마저 놀라게 하고 감탄케 하고 있었다.

덕분에 북해빙궁이 결코 만만한 곳이 아님을 확실히 알 았다. 북해빙궁이 중원에 남기고 간 수많은 전설들이 결코 과장이 아님도 알았다. 그녀가 목적한 대로 그녀의 빙백신검은 루하에게 북해빙궁의 힘을 제대로 각인시켜 주기에 충분한 것이었다.

하지만 목적한 바대로 루하의 인정을 받았다고 해도 그녀는 좋아할 수가 없었다.

'괴물 같은……'

아무리 이기기를 포기하고 승패를 접어 두었다곤 해도 지금 그녀가 펼치고 있는 것은 북해빙궁 최고의 무공이었다. 북해빙궁의 자부심이자 북해빙궁 천 년의 정수였다. 한데, 이 중원에서 온 사내에겐 전혀 통하지 않는다. 통하지 않는 정도가 아니라 '우와!' '멋진데?' '끝내줘!' 따위 감탄사를 연발하며 아예 가지고 놀고 있다.

자신은 정말이지 죽을힘을 다하고 있는데.

육신의 한계마저 접어 두고, 기혈이 뒤틀리든 말든, 울혈이 목구멍으로 들이쳐 대든 말든, 그딴 거 다 도외시하고 죽기 살기로 빙백신검을 펼치고 있는데 저 여유는 대체 뭐란 말인가?

'아무리 조화지기를 얻었다고 해도 그렇지……'

어찌 사람이 저렇게나 강할 수가 있단 말인가!

암담하다 못해 절망감마저 들어찬다.

아니, 절망감을 넘어 경외감마저 든다.

그런데 바로 그때였다. 그녀를 더욱더 경악케 하는 일이 눈앞에서 펼쳐졌다.

"빙백혈음강(氷白血陰罡)!"

난데없이 루하가 조금 전 그녀가 펼친 빙백신검의 여섯 번째 초식을 시전한 것이었다.

빙백신검이라니?

저 사내가 빙백신검을 어떻게 알고 있단 말인가?

설마 한 번 보고 그것을 베끼기라도 했단 말인가?

'아냐! 그럴 리가 없어!'

그럴 리가 없다. 북해빙궁 천 년의 정수를 담은 빙백신공이 외부로 유출되었을 리도 없고, 설령 유출되었다고 하더라도 그렇게 간단히 베낄 수 있는 것일 리도 없다.

아니나 다를까,

'어설퍼!'

루하가 펼치고 있는 빙백신공은 비슷하긴 해도 확실히 어설펐다.

'흉내만 내고 있는 것뿐이야!'

빙백신공이 한 번 보고 흉내라도 낼 수 있는 무공은 아니지만 처음의 놀람에 비하면 아무것도 아니었다. 오히려 놀림이라도 당하고 있는 것 같아 불쾌함마저 드는 교위연이다. 그러나 흉내를 내며 자신을 향해 쏘아져 들어오고 있는 루하의 검을 불쾌히 맞받는 그 순간이었다.

까아앙!

검과 검이 부딪치고,

"크흑!"

밀려드는 차디찬 기운에 다시 짤막한 신음을 토하며 주르륵 미끄러져 나간 교위연이 신형을 가누지 못하고 털썩 한쪽 무릎을 꿇었다. 그런 그녀의 얼굴은 경악으로 물들어 있었다. 루하를 보는 눈동자는 가득한 의문으로 파르르 떨리고 있었다.

"대체……."

어떻게 그의 검에 북해의 기운이 깃들어 있단 말인가?

부딪친 검을 통해 밀려들던 그 차디찬 기운은 조화지기에서 나온 것이 아니었다. 분명 북해의 것이었다.

왜?

어째서?

설마 흉내만 낸 것이 아니란 말인가?

제대로 베꼈단 말인가?

아니, 제대로 베낀 걸로도 모자라 그 사이 북해빙궁 천년의 정수를, 그 오의를 터득해 버리기라도 했단 말인가?

"말도 안 돼!"

말도 안 된다.

구구한 세월 동안 오직 구전을 통해서만 전수되어 온, 북해빙궁 천 년의 시간을 품은 무공이다. 스승이 제자에게, 제자는 또 그 제자에게…… 그것만이 천 년을 잇는 유일한 방법이었다.

그런데 어떻게 저 중원의 사내는 한 번 본 것만으로 그 깊고 큰 오의를 깨칠 수 있단 말인가?

'있을 수 없어!'

인정할 수 없다.

그건 북해빙궁 천 년의 시간을 부정하는 것과 같은 일이었다.

북해빙궁의 천 년이 하찮아지고 시시해진다.

루하를 보는 교위연의 눈에 적의가 강렬해진다.

고쳐 잡는 검은 빙기를 머금고, 그 끝에선 섬뜩하리만큼 새하얀 연기가 아지랑이처럼 피어오른다.

이윽고, 그녀가 루하를 향해 땅을 박찼다.

"빙백수라참(氷白修羅慘)!"

백 근이 넘는 장검이 만 근의 빙기를 담아 땅을 내려쳤다.

콰콰콰콰콰콰콰콰콰콰—!

거대한 소용돌이가 하늘을 덮고 땅을 부순다. 그리고 세상을 다 집어삼킬 듯한 기세로 루하를 덮쳐 간다.

루하도 가만히 있지 않았다. 그를 향해 덮쳐드는 소용돌이를 향해 몸을 던지며 검을 휘둘렀다.

"빙백천멸참(氷白天滅斬)!"

검기와 검기가 맞닿고,

콰콰콰콰콰콰콰콰콰콰쾅!

그 끝에서 두 개의 소용돌이가 충돌하며 폭발을 일으켰다.

"크윽!"

그 여력을 이기지 못하고 다섯 장가량을 튕겨 나간 교위연이 짧은 신음을 토하며 쿨럭 피를 뿌린다. 그런 중에도 루하를 쫓는 그녀의 눈에는 불신이 가득했다.

믿기지 않지만, 꿈속인 것처럼 도무지 현실감각이 없지만, 방금 루하가 그녀를 향해 날린 빙백천멸참에는 빙백신검의 정수가 고스란히 담겨 있었다. 심지어 처음에 날린 빙백혈음강보다 북해의 기운은 더 강하고 더 선명했다.

정말로 깨친 것이다.

오직 구전으로만 전해져 온 빙백신검의 오의를, 북해빙궁 천 년의 자부심을 자신의 것으로 만들어 버렸다. 고작 한 번 본 것만으로.

'괴물⋯⋯.'

그녀의 눈에 저 중원의 사내는 더 이상 사람이 아니었다. 괴물 정도가 아니라 아예 귀신처럼 보일 지경이었다. 그렇게 그녀가 절망과 경악의 중간에서 불신의 눈으로 루하를 보고 있는 동안, 루하는 멍하니 자신의 검을 내려다보고 있었다.

얼굴은 상기되었고 눈동자는 흥분으로 떨린다.

단지 북해빙궁 천 년의 정수를 얻어서가 아니었다.

그는 지금 짝퉁 자연경의 요체로부터 그 너머의 것을 보고 있었다.

그래. 그 너머.

그가 그토록 알고 싶었던 것. 하지만 끝끝내 알아내지 못했던 것.

파운삼십육권.

연화는 그 힘이 너무나 강해 세상이 세상 밖으로 토해 버리는 것이라 했다.

그렇게 튕겨 나간 힘을 다시 끌어올 수 있는 방법.

짝퉁 자연경에서 그 실마리를 찾았다.

세상의 기운을 끌어다 쓰는 짝퉁 자연경과 세상 밖으로 튕겨 나간 힘을 다시 끌어오는 것 사이에는 일맥상통하는 무언가가 있는 것이다.

루하는 그 자리에 서서 깊은 사색에 빠져들었다. 지금 이 순간 그는 교위연을 잊었고 교위연과 비무 대련 중이었다는 사실도 잊었다. 힘들게 잡은 실마리를 움켜쥔 채, 심지어 그가 있는 이곳이 북해빙궁이라는 사실조차도 잊어버렸다.

그런 루하의 행동이 어이없기만 한 교위연이다.

한 번 본 것만으로 빙백신검을 시전해서 사람을 충격과 경악으로 몰아넣더니 이젠 아예 없는 사람 취급하며 자신만의 세계로 빠져들어 가 버린다.

'비무 중간에 대체 뭐하는 거야?'

아무리 실력의 차가 압도적이라고 해도 이건 너무 무례하지 않은가?

더구나 지금 그녀는 궁금한 것이 잔뜩이었다. 얽히고설킨 의문들로 머릿속이 온통 뒤죽박죽인데, 저 혼자 뭔지 모를 의문에 대한 해법이라도 찾은 듯 어딘지 들뜨고 희열에 찬 모습으로 사색에 빠져드는 루하를 보자니 불쾌하거나 화가 난다기보다는 얄미운 마음이 들었다. 하지만 그러면서도 궁금했다.

그가 지금 찾고자 하는 것이 무엇인지.

무엇이 저토록 그를 몰입하게 만들고 있는 것인지.

저 사색의 끝에서 저 사내가 보여 줄 것이 과연 무엇일지.

그렇게 호기심과 기대로 루하를 지켜본 지 한참이 지난 후였다.

마침내 눈을 뜬 루하가 손에 든 검을 거두더니 권법을 펼치기 시작했다.

"개산일단악!"

"뇌격붕천!"

"멸천혈폭!"

이름만 들어도 파괴적인 힘이 느껴지는 초식들이 연이어 그의 주먹에서 터졌다.

하지만,

'뭐지?'

뭘까, 저 무력함은? 저 공허함은?

산이라도 부술 듯 동작은 힘차고 기합은 우렁차다. 심지어 내뻗는 주먹에선 뇌성과도 같은 굉음이 '꽈릉!' 터지기도 한다. 하지만 그 끝에서는 종이 한 장 날릴 힘도 느껴지지 않는다.

잔뜩 기대한 채 침까지 꼴깍 삼키며 지켜보던 교위연으로서는 허탈하다 못해 황당할 지경이다. 그런데 그렇게 교위연이 맥 빠져 하며 괴이쩍은 눈을 할 때였다.

"뇌성분참!"

다시 루하가 기합성을 터트리며 주먹을 내지르고,

꽈르릉!

뇌성이 친다.

마찬가지다. 여전히 그의 주먹 끝에 머무는 것은 공허함이다.

그러나 이번엔 달랐다. 루하의 주먹이 향하는 곳에 찰나의 공허함이 머문다 싶은 순간,

콰아아아아앙!

그 공허한 공간을 격하며 지금까지 단 한 번도 들어 본적 없는 어마어마한 굉음이 터졌다.

그리고 펼쳐진 것은 정수리 끝에서부터 발끝까지 저릿한 전율이 훑고 지날 정도로 충격적인 광경이었다.

사라졌다.

루하의 주먹이 향하고 있는 방향의 모든 것이.

전각도, 담벼락도, 북해빙궁의 궁주가 이십 년을 공들여 만든 화원과 계곡도. 거기에 보이는 것은 그저 끝없이 펼쳐진 빙원뿐이었다.

"이게 대체……."

정말이지 꿈을 꾸고 있는 것처럼 정신이 멍했다. 멍한 눈으로 루하를 쫓는다.

그 순간 루하는 치아가 다 드러나도록 환하게 웃고 있었다.

신나하고 있었다.

"이햐! 된다, 돼! 바로 이 감각이야, 이 감각! 이햐! 이거 진짜 끝내주잖아!"

너무 신나서 어린 아이처럼 팔짝팔짝 뜀박질이라도 하고

싶은 표정을 하고 있었다.

물론 전혀 귀엽지 않다. 저 천진난만한 모습과 그가 만들어 놓은 저 휑한 풍경이 겹치니 그녀는 그저 소름 끼치도록 무서울 뿐이었다. 그리고 그런 와중에도 어울리지 않게 머릿속에 떠오르는 걱정 하나가 있다.

'궁주님께서 저걸 보시면 뒷목 잡고 넘어가실 텐데…….'

이십 년을 공들여 만든 중원의 풍경이다. 궁주가 목숨처럼 아끼고 애지중지하던 작품이 한순간에 사라진 것을 보면 과연 어떤 반응을 보일지 생각하니 이렇게 소름 끼치도록 무서운 와중에도 한숨이 푹 나오는 교위연이었다.

第三章

북해빙궁주 교극천(橋克天)

실룩실룩.

히죽히죽.

"우히히히히히히히히히!"

루하가 연신 웃음을 터트려 댄다.

"그만 좀 웃지?"

설란이 핀잔을 주자 루하가 반박한다.

"이 상황에서 어떻게 안 웃어? 드디어 파운삼십육권을 쓸 수 있게 되었다니까? 넌 모르겠지만 이거 진짜 장난 아냐. 완전 쩔어. 세상 밖으로 튕겨 나갔다가 다시 돌아와서 그런지 원래 것보다 훨씬 더 강해진 느낌이야. 이거라면 그때 본 그 괴물 자식들한테도 충분히 통하고도 남는다고!"

아닌 게 아니라 주먹이 근질근질했다. 전날 싸웠던 그 괴물들에게 자신의 주먹을 당장이라도 시험해 보고 싶은 심정이었다. 그때는 한 놈도 제대로 처리하지 못했지만 지금이라면, 비로소 되찾은 파운삼십육권이라면, 한층 더 강력해진 이 파괴적인 힘이라면 어느 누구하고 붙어도 자신 있었다.

그러니 어찌 웃음이 절로 나지 않겠는가.

지금 루하는 마치 기연이라도 얻은 것 같은 기분이었다.

"아무리 그래도 그렇지, 자칫했으면 북해빙궁과 원수가 될 뻔했다고."

생각만 해도 아찔하다는 듯 설란이 고개를 잘래잘래 젓는다.

천만다행히도 루하가 날려 버린 전각은 오래도록 쓰지 않던 빈청이었다. 만일 그렇지 않았다면 인명 피해를 피할 수 없었을 테고, 은원이 확실한 북해빙궁과는 철천지원수가 되었을 터였다. 더구나 그 일이 다 무마가 된 것도 아니었다.

다행히 인명 피해는 없었지만, 북해빙궁의 기물을 함부로 망가뜨린 것만은 분명한 사실이었다. 게다가 하필이면 그게 북해빙궁의 궁주가 가장 아끼는 기관 기물이라지 않는가.

"지금 그 때문에 회의에 들어갔다잖아. 그리고 그 회의 결과에 따라서 우리에 대한 처분이 결정 날 거고. 그렇게 신나서 웃고 있을 상황이 아니란 말이야."

"고의로 그런 것도 아니고 어디까지나 실수로 그런 건데, 그리고 책임 소재를 따지자면 먼저 비무를 청한 그 계집애도 책임이 없는 것이 아닌데 왜 나만 가지고 처분하니 마니 해? 그리고…… 흥! 겁 안 나. 제깟 것들이 내 손가락이나 하나 건드릴 수 있을 것 같아? 그 전에 내가 북해빙궁을 서까래 하나 남기지 않고 싹 쓸어버릴 텐데?"

"네가 무슨 마도의 마두니? 요즘 들어 말이 왜 그렇게 극단적이야?"

"원래 사람이란 게 힘이 생기면 거칠 것이 없어지는 법이야. 그리고 마도고 정도고 간에 상대가 먼저 건드리는데 가만히 당하고 있을 수는 없잖아. 당한 것의 열 배를 갚아주는 건 북해빙궁만의 권리가 아니라고."

그래도 지금 열리고 있는 회의가 아예 신경이 쓰이지 않는 것은 아니었다. 여전히 그에게는 북해빙궁으로부터 절반의 청광편을 돌려받아야 한다는 목표가 있었다. 좋은 게 좋은 거라고, 그걸 위해서라도 괜한 분란은 피하고 싶은 것도 사실이었다.

그때였다.

"정 대협 계신가요?"

회의가 끝났는지 밖에서 그를 찾는 목소리가 들려왔다.

문을 열어 보니 거기에는 교위연이 서 있었다.

설란이 물었다.

"회의가 끝났나요?"

"예. 잠시 들어가도 될까요?"

설란이 고개를 끄덕이며 그녀가 앉을 공간을 마련해 준다.

그렇게 설란과 루하, 연화가 한쪽 편으로 가지런히 자리를 잡았고, 교위연이 그들과 마주해 앉았다.

"그래, 저에 대한 징계는 어떻게 결정이 났습니까?"

루하가 노골적으로 고까운 표정을 하며 교위연을 쏘아보자 교위연이 의아해한다.

"대협에 대한 징계라뇨?"

전혀 모르는 소리라는 표정이다.

"저에 대한 처분을 논하는 회의가 아니었습니까?"

"아니에요. 궁의 기물을 파손한 것이야 어디까지나 예기치 못한 실수였잖아요. 인명 피해가 있었던 것도 아니고…… 그런 걸로 징계를 논할 만큼 본 궁은 편협하지 않아요. 물론 궁주님이 그걸 보시면 화는 내시겠지만…… 아무튼 이번 회의는 대협의 징계를 논하기 위한 자리가 아니었어요. 책임 소재를 따지자면 저한테도 지분이 없지 않은데 설마하니 그런 제가 대협의 징계를 상정해서 회의를 열 리가 없죠. 어디서 무슨 이야기를 들으신 것인지는 모르겠지만⋯⋯."

순간 루하가 얼굴을 팍 구겼다.

'그 인간이 진짜 끝까지!'

지금 이 순간 루하가 떠올리는 것은 비마관의 관주 여홍이었다.

처음부터 끝까지 그를 짜증 나게 하는 것으로도 모자라 '곧 오늘의 일에 대한 징계 회의가 열릴 것이니 각오 단단히 하셔야 할 것이오!'라며 공갈 협박을 한 게 바로 여홍이었던 것이다.

'내 언제고 그 재수 없는 인간의 면상에다 파운삼십육권을 박아 줄 것이야!'

그렇게 복수를 다짐하는 중에도 궁금하긴 했다.

"그럼 무슨 회의였습니까? 회의가 끝나자마자 저를 찾아오신 것을 보면 저와 관련된 것은 분명한 것 같은데⋯⋯."

루하의 물음에 교위연이 돌연 그의 앞에 무릎을 꿇으며 머리를 조아린다.

그리고 던지는 한마디.

"저희 궁주님의 병을 치료해 주세요. 저희 궁주님의 병을 치료해 주실 분은 대협밖에 없습니다."

*　　　*　　　*

그곳은 사방이 바위로 이루어진 동굴이었다.

거대한 철문이 동굴을 막고, 그 위에는 용사비등의 필체로 수미동(修迷洞)이란 세 글자가 음각되어 있다.

끼이이이익―

짙은 어둠 속에서 동굴의 육중한 철문이 열렸다.

그 열린 문으로 한 사내가 걸어 나왔다.

나이는 대략 사십 대 중반, 머리는 봉두난발에 걸치고 있는 황금색 장포는 해지고 얼룩져 너덜너덜하다. 얼핏 보기엔 동냥 바가지가 더 어울릴 듯한 모습이지만 그 눈빛만큼은 짙은 어둠을 뚫고 나올 만큼 형형하다.

북해빙궁의 궁주 교극천(橋克天).

그가 바로 이곳 북해빙궁의 주인인 것이다.

교극천이 수미동을 나오자 기다리고 있던 수신호위들이 그를 맞는다.

"내가 얼마나 있었지?"

"열하루 하고 여섯 시진입니다."

"흠…… 지난번보다 네 시진이 더 늘어난 건가? 다음에는 더 늘어날 테고…….”

절로 묻어나는 한숨. 진저리가 쳐진다는 듯 부르르 몸까지 떤다.

그런 교극천의 모습에 수신호위들의 얼굴이 어두워졌다.

수미동이 얼마나 고통스러운 곳인지 그들도 잘 안다. 인내의 한계를 시험하는 곳. 교극천이 입버릇처럼 말하는 ‘차라리 죽는 게 낫다’라는 말이 결코 농담도 과장도 아니게 만드는 곳.

수신호위들의 얼굴을 더 어둡게 하는 것은 그 지독한 고통을 인내하고 또 인내해도 교극천의 병은 진행이 조금 더뎌질 뿐 완전히 치료가 되지 않는다는 것이다.

“뭘 그렇게들 심각해? 지옥을 경험하고 온 건 난데? 아니면 다음에는 같이들 들어갈까?”

교극천이 농담조로 그렇게 위협을 주고는 말문을 돌렸다.

“그래, 궁에는 별일 없었느냐?”

“……쟁천표국의 표행단이 도착했습니다.”

“표행단이? 표물만 받아온 게 아니고?”

“예.”

“음…… 허면 삼절표랑이란 자도 왔겠군.”

교극천의 눈이 호기심으로 반짝인다.

조급함도 생겼다.

더 묻지 않았다.

약관의 나이에 정사의 기라성 같은 고수들을 넘어서서 중원 제일의 고수라 불리는 자.

어떤 인물인지 그의 눈으로 직접 확인해 보고 싶었다. 그리해 걸음을 서둘렀다.

그나저나 좋다.

수미동은 빙기와는 철저히 차단된 곳이었다. 그 안에 있는 것은 오직 순정의 화기와 죽음마저도 하찮게 만드는 고통뿐이었다.

열하루 만에 다시 맡게 된 그립고도 친숙한 공기가 지난 열하루 동안 폐부 깊이 찌들대로 찌든 그 덥덥한 화기를 깡그리 다 씻겨 내는 것 같은 기분이었다.

이번이 처음이 아닌데도, 횟수로만 따지면 벌써 열세 번째이건만 수미동의 화기는 도무지 적응이 안 된다. 고통도 전혀 익숙해지지 않는다. 그래도 덕분에 수미동을 나와서 맡는 북해의 공기는 횟수를 거듭할수록 더 청량하고 시원하다.

만일 이런 낙이라도 없었다면 수미동에서 겪는 그 지옥 같은 시간들은 그를 더 힘들게 하고 지치게 했을 것이다.

'좋군! 좋아!'

그렇게 한껏 북해의 공기를 들이마시며 경쾌한 걸음으로 수미동을 내려오는데,

'응?'

뭘까? 이 낯선 풍경은?

교극천이 어리둥절한 표정을 하고는 주위를 둘러본다.

"분명 맞는데……?"

그래. 분명 여기가 맞다. 그런데 왜 이렇게 낯설단 말인가? 왜 늘 있어 왔고 지금도 당연히 있어야 할 것들이 보이지 않는단 말인가?

누구의 손도 빌리지 않고 반년을 공들여서 만든 화원은 어디에 간 것이며, 바위 하나하나, 나무 하나하나, 그의 이십 년 청춘이 담긴 계곡과 기관은 대체 어디로 갔단 말인가?

"이게 무슨……."

울상이다. 아니,

또르르―

붉게 충혈된 눈에서 끝내 버티지 못하고 떨어져 내리는 눈물.

진짜로 운다.

심지어는 현기증마저 일어나는지 한차례 휘청하는 듯하더니 털썩 무릎을 꿇고 주저앉기까지 한다.

"대체…… 어떻게 된 것이냐! 누가 내 낙원을 이리 만든 것이야!"

물기를 머금은 눈에서 살기가 뿌려진다.

수신호위 중 하나가 대답했다.

"삼절표랑입니다."

"뭐? 삼절표랑이 대체 왜? 대체 내게 무슨 억하심정이 있어서 이런 짓을 저질렀단 말이냐?"

"고의로 그런 건 아니었습니다. 단지 검각 각주와의 비무 중에 사고가……."

"뭐? 연아와? 대체 비무를 어찌하였기에 이 지경이 되었단 말이냐?"

이해가 안 된다.

그렇다고 용서도 안 된다.

이유 여하를 막론하고 자신의 청춘이 고스란히 담긴 낙원을 저렇게 만들었다는 것만으로도 갈기갈기 찢어 죽여 마땅한 죄를 지은 것이다.

"그자…… 지금 어디 있느냐? 그 찢어 죽일 자식 지금 어디 있냔 말이다!"

*　　　*　　　*

루하는 자신의 앞에 꿇어 엎드린 채 머리를 박고 있는 교위연을 보며 황당한 표정을 하고 있었다.

자신에 대한 징계를 알려 주러 온 줄 알았는데, 그래서 수틀리면 북해빙궁이고 뭐고 확 다 엎어 버릴 작정까지 하고 있었는데 다짜고짜 북해빙궁의 궁주를 치료해 달라니?

"대체 무슨 말씀입니까? 북해빙궁의 궁주님께 무슨 병환이라도 있습니까? 아니, 병환이 있다고 해도 그렇지, 병이 있으면 의원을 찾으셔야지 왜 저한테 이러시는 건지……?"

루하의 질문에 교위연이 고개를 들었다.

그리고 그녀가 지금 여기서 이러고 있는 이유에 대해서 차근차근 설명했다.

그녀의 말인즉슨 이랬다.

북해빙궁의 무공은 단전에 있는 기운을 끌어내어 쓰는 것이 아니라 북해의 기운을 끌어다 쓰는 것이기에 중원의 무공에 비해 단기간의 수련으로도 강력한 힘을 발휘할 수 있지만, 항시 빙기의 침범을 받을 위험성을 안고 있다는 것. 북해빙궁의 무공이 깊어지면 질수록, 그리해 끌어다 쓸 수 있는 빙기의 양이 많아지면 많아질수록 그 위험성은 더 커지기 마련인데, 지금 북해빙궁의 궁주 교극천이 바로 그 빙기의 침범을 당했다는 것이었다.

"화기를 키워서 빙기로부터 몸을 보호한다지 않았습니까?"

"궁주님께선 사상 유례가 없을 정도로 빠른 시간에 빙백신장을 완성시키셨어요. 단전의 화기가 다 준비가 되기도 전에 빙백신장이 극성까지 이르러 버린 거죠."

"일종의 주화입마라는 겁니까?"

교위연이 고개를 끄덕인다.

"맞아요. 그래도 빙기가 아직 단전을 범하진 않아 그렇게 심각한 수준은 아니에요."

"아직은?"

"예. 아직은. 허나, 느리지만 분명하게 진행되고 있어요. 그리고 그렇게 진행되다 빙기가 단전을 침범하는 순간 저희 궁주님은 죽습니다."

단전의 화기는 최후의 보루나 마찬가지였다. 그것이 빙기에 먹히면 교극천의 육신은 그 즉시 얼음덩어리로 변할 것이다.

"막을 수도 없고 없앨 수도 없어요. 그 어떤 약재로도."

지금까지 그들이 할 수 있는 거라고는 최대한 빙기의 진행을 늦추는 것뿐이었다. 하지만 그마저도 효과는 미미해서 앞으로 3년을 장담할 수가 없는 실정이었다.

"한데…… 치료할 방법이 생겼어요."

루하를 보는 교위연의 눈빛이 뜨겁다.

여기까지 듣고 보니 굳이 더 듣지 않아도 그녀가 지금 무슨 말을 하려는지, 왜 이곳에 찾아와서 자신에게 무릎까지 꿇었는지 충분히 짐작할 수 있다.

"그 치료 방법이란 게…… 조화지기입니까?"

확인차 물었다.

교위연이 한층 더 강렬해진 눈빛으로 루하를 마주 보며 고개를 끄덕인다.

"조화지기라면 필경 궁주님의 몸속에 침범한 빙기를 몰아낼 수 있을 거예요!"

그래. 모르긴 몰라도 그녀의 판단은 틀리지 않을 것이다. 조화지기가 가진 무한한 가능성이라면 제아무리 북해의 빙기가 지독하다 해도 몰아내지 못할 것도 없다.

'정 안 되면 처남한테 했던 것처럼 환골탈태를 시켜 버리면 되는 거고.'

그러나 그게 어디 그렇게 간단한 일이던가.

루하에게도, 루하의 조화지기를 받는 상대에게도 치명적인 귀소본능이라는 부작용이 있지 않은가.

그러니 교위연이 아무리 간절한 눈망울을 하고 있어도 그 청을 들어줄 수가 없다. 그리해 루하가 고개를 저으며 뭐라 거절의 말을 하려는데,

쾅—!

돌연 방문을 산산조각 내며 한 사내가 방 안으로 들이닥 쳤다.

"누구냐? 누가 삼절표랑이냐?"

서슬 퍼런 눈이 좌중을 훑는다. 그러다 앉은 자들 중 유 일한 사내인 루하에게서 눈을 멈춘다.

"네놈이냐? 네놈이 삼절표랑이란 놈이냐? 정녕 네놈이! 내 화원을, 내 낙원을 망친 것이냐?"

거칠게 따져 물어오는 말에 루하는 그저 어리둥절할 뿐 이다.

저 거지꼴을 한 사내는 누구란 말인가?

저 거지꼴을 한 사내는 왜 자신을 찾는 것이며, 왜 자신 을 보며 저렇게 격한 분노를 터트리는 것일까? 게다가,

'울긴 왜 우는데?'

저 살기로 번득이는 눈은 왜 저토록 촉촉하게 젖어 있는 것인지……

"내가 그걸 어떻게 만든 것인지 아느냐? 내 이십 년 청 춘을 고스란히 바쳐 만든 내 생애 가장 귀한 보물이자 낙이 며 자랑이었단 말이다! 이 두 손으로! 돌부리 하나까지도 이 두 손으로 깎고 다듬었다. 냇가의 자갈 하나까지도 내가 손수 고른 것이고 꽃잎 하나하나 내가 직접 만들고 칠한 것

이란 말이다. 아! 그래, 그랬지. 처음에는 청혼을 위해서였어. 중원을 등지고 이 춥고 먼 북해까지 따라와 준 우리 소소(疏疏)를 감동시키려고 화원을 만든 거였어. 내 품에 안겨 펑펑 울던 그녀가 어찌나 가냘프고 사랑스럽던지……그래서 그녀에게 더 큰 감동을 주려고 낙원을 짓기 시작한 거였지. 그래, 그랬어. 한데! 그녀와 나의 그 애틋했던 사랑을, 내가 가장 순수했던 순간의 추억을 네놈이 망가뜨려 버린 것이란 말이다!"

생각하면 할수록 노기가 치미는지 이젠 그의 몸에서 줄기줄기 사방을 얼릴 듯한 지독한 한기가 뿌려지고 있었다.

물론 루하는 여전히 어리둥절하기만 할 뿐이다. 아니, 어리둥절한 정도가 아니라 멍했다.

'이 인간 대체 뭐야?'

혼자 막 열을 올렸다가 갑자기 글썽글썽하며 추억에 젖는가 싶더니, 히죽히죽 웃다가 또 갑자기 버럭 성질을 낸다.

정말이지 종잡을 수가 없다. 종잡을 수 없는 중에도 짐작되는 것은 있었다.

'이자가 북해빙궁의 궁주인 건가?'

낙원이니 화원이니 하는 것은 아마도 그가 교위연과의 비무 대련 도중에 날려 버린 북해빙궁 입구의 그 기관을 말하는 것인 듯싶었다. 그렇다면 이 거지꼴의 사내가 그 기관을 만든 자라는 것이고, 그런 쓸데없는 것에다 허튼 돈을 쓸 수 있는 자라면 북해빙궁의 주인 외에는 달리 없었다.

하지만 상상과는 너무 다른 모습이다.

북해빙궁의 궁주라고 하면 북해의 날씨처럼 엄혹하고 매서우며 차가운 인물을 떠올리기 마련인데 지금 이 눈앞의 사내는 엄혹함, 매서움, 차가움과는 거리가 멀어도 너무 멀다.

씩씩 거친 숨소리를 토하며,

"왜 말이 없어? 어떻게 책임을 질 것인지 묻고 있지 않느냐!"

당장 멱살이라도 잡아 올릴 듯이 버럭버럭 소리를 질러대는 것이 영락없는 뒷골목 파락호다.

그를 보고 있자니 뭔가 환상이 깨지고 격이 확 떨어지는 느낌이라고나 할까?

그리고 그런 생각이 드는 것은 단지 루하만은 아닌 모양이었다.

"그만 좀 하세요!"

더 보고 있기 민망했던지 교극천과 루하 사이로 끼어들며 교극천을 막는 교위연이다.

"이분이 어떤 분인지나 알고 이러시는 거예요?"

엄하게 쏘아보는 눈빛이 매섭다.

그 눈빛에 교극천이 움찔한다.

"어떤 분이나 마나 저자가 내 화원과……."

"지금 그딴 화원이 중요한 게 아니라구욧! 수미동에 들어가는 게 죽기보다 싫다면서요? 저분이라면 궁주님을 더이상 수미동에 들지 않게 할 수도 있어요. 저분이라면 궁주님 몸속에 침범한 빙기를 완전히 몰아내 줄 수도 있단 말이에요!"

"그게 무슨…… 그런 것이 가능할 리가 없지 않느냐?"

"조화지기래두요?"

"뭐?"

"천지무극조화지기! 저분의 몸에 그것이 있어요!"

순간 교극천이 홱 고개를 돌려 지금까지와는 전혀 다른 눈빛으로 루하를 본다.

경악과 불신, 아니, 그것은 차라리 벼락이라도 맞은 것 같은 눈빛이었다.

그는 타고난 무재였다. 빙백신군 이후로 삼백 년 만에 빙백신공을 십이 성 대성을 이룰 인재로 기대를 모았고, 그 기대대로 그는 빙백신검과 빙백신장 모두 십이 성 대성했다. 그것도 고작 서른여덟의 나이에. 그의 빠른 성취는 그

유례가 없을 정도였다.

하지만 기뻐할 사이도 없이 빙기가 침범했다.

북해빙궁의 무인이라면 빙기의 침범을 항상 경계하고 조심해야 함에도 자신의 재능에, 그 성취에 그만 자만해 버렸던 것이다.

그 대가는 혹독했다.

한 번씩 찾아오는 죽음의 손길, 그리고 수미동에서의 지옥 같은 시간들.

벗어날 방법은 두 가지뿐이었다.

자연경을 이루든가 천지무극조화지기를 얻어 침범한 빙기를 몰아내는 것.

하지만 그 뛰어난 무재로도 자연경은 너무나 요원했고, 조화지기는 그보다 더 막연했다. 결국 평생을 천형처럼 지고 살아야 하는 것이라 그렇게 체념하며 그 지옥과도 같은 고통과 싸워 왔던 것인데, 조화지기라니? 저자의 몸에 조화지기가 있다니?

정말이지 머릿속에선 벼락이 치고 심장의 피는 성난 파도처럼 날뛴다.

"정말이냐? 정말 네놈 몸속에 조화지기가 있는 것이냐?"

교극천의 질문에 교위연이 대답했다.

"맞아요. 저분의 몸에 조화지기가 있는 것을 제가 분명히 확인했어요. 그러니 저분은…… 궁주님 몸속에 침범한 빙기를 몰아내어 줄 유일한 분이시란 말이에요!"

루하를 보는 교극천의 눈빛이 뜨겁다.

결코 허튼소리를 할 교위연이 아니다. 그녀가 저토록 확신에 차서 말을 한다는 건 저 중원에서 온 사내의 몸에 분명 조화지기가 있는 것이다.

저자라면…… 저자가 가진 조화지기라면 그를 수미동이라는 그 지옥에서 벗어나게 해 줄 수 있다.

하지만, 그렇게 염원해 왔던 것이 나타났는데도 지금 이 순간 그의 뇌리에 떠오르는 것은 사라져 폐허가 되어 버린 그의 낙원이었다.

그걸 생각하니 다시금 울컥 화가 치민다.

"피, 필요 없다! 그깟 조화지기가 뭐가 대수란 말이냐? 이자는 내가 이십 년 동안 피땀으로 일군 내 낙원을 부쉈단 말이다!"

교극천이 다시금 루하를 보며 살기를 피워 올린다.

그런 교극천을 보며 교위연은 한숨을 내쉬었다.

이 교극천이란 사내는 대체로 이성적이었다. 다른 사람의 말에도 비교적 귀를 잘 기울이는 편이었다. 하지만 한 번씩 이상한 데로 마음이 꽂히면 이렇게 터무니없는 고집을 부릴 때가 있었다.

"사리분별 좀 하세요. 지금은 그게 중요한 게 아니잖아
요."

"내게 그보다 중한 것이 더 어디 있단 말이냐? 다시 돌
아올 수 없는 소소와의 추억이다. 거기에는 그녀가 가장 아
름다웠던 시절이 고스란히 담겨 있었고, 내 순수하고 뜨거
웠던 청춘이 그대로 묻혀 있었단 말이다. 이제 어디서 소소
를 추억한단 말이냐? 이제 난 무얼 보며 그녀를 그리워하
냔 말이다!"

목이 메는지 목소리는 떨리고 붉게 달아오르는 눈에는
촉촉이 물기가 서린다.

그 애틋함과 절절함에 감성이 여린 설란은 코끝이 찡해
오는지 고개를 돌렸고, 루하는 자신이 정말 못 할 짓을 저
지른 건가 싶어 얼떨떨해하기도 하고 미안해하기도 한다.

바로 그때 그 목소리가 들려오기 전까지는.

"저 아직 안 죽었거든요?"

그렇게 불쑥 끼어든 낯선 목소리에 모두의 눈이 목소리
의 주인을 찾았다.

미부인이었다.

여전히 방문 앞에 장승처럼 서 있는 교극천의 뒤로 한 미
부인이 방 안으로 걸어 들어오고 있었다.

"어머니……."

미부인을 보며 교위연이 그렇게 말끝을 흐렸고,

"여, 여보……."

교극천이 어정쩡한 표정으로 주춤 한 걸음을 뒤로 물린다.

'어머니? 여보?'

얼떨떨해하는 루하에게 성큼 방 안으로 들어온 미부인이 정중히 인사를 한다.

"은소소(闇疎疎)라고 해요. 이 못난 사람의 아내죠."

'소소?'

그러니까 교극천과 이 미부인이 부부고, 교위연은 이들 부부의 여식이라는 것이다. 교위연이 교극천의 딸이라는 사실이 그리 놀랍지는 않다. 같은 성을 쓰는 데다 교극천을 대하는 행동이며 말투가 무례하다 싶을 만큼 격의가 없었으니까. 부녀지간일지도 모른다는 생각은 진작부터 하고 있었다.

다만 지금 루하를, 루하만이 아니라 설란과 연화마저 어리둥절하게 만들고 있는 것은 이 부인의 이름이 소소라는 것이다.

교극천이 그토록 애절하게 찾아 대길래 가문의 반대로 헤어진, 중원 무림과 북해빙궁의 이루어질 수 없는 비극적이고 가슴 아픈 사랑의 주인공쯤 되는 줄 알았다.

저렇게 멀쩡하게 살아 있는 사람을 버젓이 옆에 두고 이제 어디서 추억하냐느니, 이제 무얼 보며 그리워하냐느니 그토록 꼴값을 떨어 댔단 말인가?

"죄송해요. 이 사람은 지금의 저와 그 시절의 저, 두 개의 사랑을 하고 있거든요. 그러니까 그때를 추억할 수 있는 기관들이 사라진 건 이 사람에겐 단지 과거의 추억 하나가 사라진 게 아니라 지금의 사랑 하나가 부서진 셈인 거죠."

"……."

"이해 안 되시죠? 이십 년을 같이 산 저도 이 사람이 다 이해가 안 되는데 여러분들이야 오죽하겠어요."

그렇게 말하며 살포시 웃는다.

중년의 미부인임에도 그 미소에 루하는 심장이 술렁이는 것을 느꼈다.

아름답긴 하지만 설란과 연화에 비할 바는 아니다. 설란과 연화가 가지지 못한 완숙함은 있지만 루하의 취향과도 거리가 멀다. 그런데도 묘하게 시선을 사로잡는 신비로움이 저 미소에 있다.

"그런데 정말 조화지기를 가지고 계신 게 맞나요?"

확인차 묻는다.

루하는 고개를 끄덕였고, 은소소는 다시 물었다.

"혹시 가지신 조화지기로 저이의 빙기를 몰아내는 게 가능한가요?"

루하는 잠시 망설였다. 그러나 이내 다시 고개를 끄덕였다.

"아마도 가능할 겁니다."

"그럼 치료해 주실 수 있으신가요?"

"아뇨. 안 합니다."

"물론 그냥 해 달라는 건 아니에요. 혁련휘의 보물이라면 어떤가요?"

"……?"

"들어 보니 우리 몫의 표물까지도 원한다고 하셨다던데?"

귀가 솔깃하다.

"그걸 다 주겠다는 겁니까?"

"어차피 우리가 팽호강 그자의 제의를 받아들였던 것은 혁련휘의 보물이란 것이 저이의 빙기를 치료하는 데 혹시라도 도움이 되지 않을까 하는 기대 때문이었어요. 대협의 조화지기로 저이의 빙기가 치료가 된다면 저희로서는 대협께 넘긴다고 해서 아까울 것이 없는 물건이죠."

은소소의 예상치 못한 제안에 루하의 눈동자가 흔들렸다.

중간에 여홍에게 인계해도 될 것을 굳이 이곳까지 직접 운송해 온 이유는 혁련휘의 보물을 다 얻기 위함이었다. 그걸 위해서라면 무슨 일이라도 할 각오가 되어 있었다. 심지어 최악의 경우에는 무력을 써서라도 빼앗을 작정이었다. 세상의 지탄을 받는 한이 있더라도 말이다. 그런데 뜻하지 않게 북해빙궁에서 먼저 그 같은 제의를 해 온 것이다.

불감청이언정 고소원이다.

더구나 교극천의 빙기를 몰아내는 것쯤이야 그에겐 식은 죽 먹기나 다름없다.

그런데도 루하는 선뜻 고개를 끄덕이지 못하고 주저했다.

빙기를 몰아내는 것쯤이야 쉽지만 문제는 그 뒤다. 그 뒤의 골칫거리를 생각하지 않을 수가 없다.

그렇게 주저하던 루하가 슬쩍 방문 밖으로 눈길을 던졌다.

북해빙궁의 가솔들이 소란 통에 모여들어 있었다.

그들에게서 시선을 거둔 루하가 뭔가 결심이 선 눈빛으로 은소소와 교극천에게 말했다.

"그 전에 두 분께 긴히 말씀드려야 할 일이 있는데, 주변을 물려 주시겠습니까?"

"긴히 말씀하셔야 할 일이라면……?"

"궁주님의 빙기를 치료할지 말지를 결정하기에 앞서 먼저 알려 드려야 할 것이 있습니다. 치료에 앞서 두 분이 반드시 먼저 숙지하고 계셔야 하는 일이기도 하구요. 또한 제게나 궁주님께나 굳이 세상에 알려져서 좋을 것이 없는 일이죠."

루하가 은밀한 어조로 그렇게 말하자 은소소가 그 즉시 가솔들에게 명했다.

"다들 물러들 나세요. 이곳 빈청에서부터 사방 이십 장 안에는 아무도 있어서는 안 될 것입니다."

여태까지는 그저 지아비를 걱정하는 여느 여염집 아낙과 크게 다를 것이 없었다. 하지만 지금은 달랐다. 눈빛은 추상같았고 말투에는 위엄이 서려 있다.

'역시 실세는 이 여자군.'

모르긴 몰라도 북해빙궁의 실질적인 주인도 은소소일 것이다. 그건 은소소가 등장한 이후로 줄곧 꿀 먹은 벙어리가 되어 있는 교극천의 태도만 보아도 알 수 있다.

'이러니 사내가 두 개의 사랑을 하는 거지.'

은소소는 이십 년을 같이 살아도 이해가 안 된다고 했지만, 루하는 같은 사내로서 충분히 이해가 된다. 토끼처럼 한없이 귀엽기만 했던 정인이 세월 속에서 호랑이처럼 변해 버렸다. 한 떨기 목련처럼 청초하던 그 시절을 추억하며 간절히 붙들고 싶은 것이야 당연한 일 아니겠는가.

거기에까지 생각이 미치자 그제야 자신이 교극천에게 정말 큰 잘못을 저지른 것 같아서 새삼 더 미안하고 죄스럽다. 그런 한편으로 사람 사는 것이 다 거기서 거기인 만큼 자신의 미래도 크게 다르지 않을 거라 생각하니 입맛이 씁쓸하기도 하다.

어쨌거나 그러는 사이 북해빙궁의 가솔들은 모두 물러났다. 교위연은 물론이고 설란도 루하가 무슨 말을 하려는지 알아차리고는 연화를 데리고 방을 나갔다. 그리해 방 안에는 루하와 교극천, 그리고 은소소만이 남았다.

"그럼 이제 말씀해 주시겠어요? 치료를 받기에 앞서 우리가 반드시 숙지해야 한다는 것이 뭐죠?"

"귀소본능입니다."

"귀소본능?"

"조화지기는 세상의 근원이자 가장 완벽한 기운입니다. 거기에서 파생되어 나온 기운은 자연스럽게 그 뿌리로 돌아가고자 하는 본능을 가지고 있죠. 해서 그 기운을 받아들인 자에겐 일종의 귀소본능 같은 것이 생깁니다."

"정확히 어떤 증상이 나타나는 거죠?"

"애정입니다."

"예?"

"궁주께서 제 조화지기를 받게 되면 절 사랑하게 될 거라는 말씀입니다. 그것도 아주 미치도록. 어쩌면 부인도, 북해빙궁도 버리고 저를 따라오려 할지도 모릅니다."

"다, 닥쳐라! 그게 무슨 가당치도 않은 소리란 말이냐!"

은소소가 나타난 후로 그동안 쥐 죽은 듯 조용히 있던 교극천으로서도 지금 이 순간만큼은 도저히 가만히 있을 수 없겠는지 버럭 소리를 지르며 노발대발한다.

"네놈이 감히 나를 뭐로 보고……."

"뭐로 보나 마나, 조화지기란 게 원래부터 그런 놈인 걸 난들 어쩝니까? 지금까지 나한테서 조화지기를 받은 자들은 단 하나의 예외도 없이 같은 증상이 나타났습니다. 남녀노소 할 것 없이, 사람이든 동물이든!"

"흥! 내가 그깟 조화지기에 굴복할 것 같으냐? 애초에 내가! 이 교극천이가 사내를 사랑할 리가 없지 않느냐!"

생각하자니 소름이 다 돋아서 진저리를 치며 버럭버럭 소리를 지르는 교극천이다.

그러거나 말거나 루하는 교극천에게는 눈길도 주지 않았다.

어차피 이 자리의 결정권자는 은소소였다. 그리고 결정에 따른 책임을 가장 중하게 져야 하는 것도 은소소였다.

"어쩌시겠습니까? 자칫하면 저한테 남편분을 잃게 될지

도 모르는데, 남편분이 발정 난 개새끼마냥 제 뒤꽁무니를 졸졸 쫓아다니게 될지도 모르는데, 그래도 치료를 하시겠습니까?"

第四章

명색이 북해빙궁의 궁주신데,
안 쪽팔립니까?

루하의 말에 은소소가 교극천을 본다.

'이이가 저 사람을 쫓아다닐 거라고?'

교극천이란 사내는 광오하다 싶을 만큼 자존감이 강한 사람이었다. 기질적으로 자신 외의 다른 이를 섬길 수가 없는 사람이었다. 그런 그가 같은 사내를, 그것도 자신보다 한참이나 어린 사내의 뒤꽁무니를 쫓아다니게 될 거라니? 도무지 상상이 안 된다. 상상은 안 되는데…….

"풋!"

괜히 웃음이 난다. 교극천은 그런 은소소의 웃음이 왠지 불쾌한 모양이다.

"다, 당신 지금 무슨 상상을 하는 거야?"

교극천이 발끈하며 쌍심지를 켠다.

은소소가 손을 내저었다.

"아니에요. 아무 상상도 안 했어요. 풋!"

"아무 상상도 안 했는데 왜 웃는 건데? 설마 저자의 말을 믿기라도 하는 거야? 설마하니 내가 그깟 귀소본능인지 뭔지 그거 하나 이겨내지 못해서 저자의 뒤꽁무니라도 쫓아다닐 거라고 생각하는 거야?"

"그럴 리가요. 내가 교극천이란 사내를 모르나요? 하늘도 올려다보지 않을 만큼 고고한 사내가 다른 이를 섬길 리가 없죠. 그치만…… 연적이 과거의 나인 것보다는 차라리 외간 사내인 편이 나을 것 같긴 해요. 가장 아름다웠던 시절의 나와 비교되는 건 너무 서글픈 일이니까. 그럴 때마다 전 제가 나이가 들어 버린 걸 인정할 수밖에 없거든요."

은소소의 표정이 처연하다.

"아냐! 당신은 지금도 충분히 아름다워! 좀 드세지고 사나워져서 예전처럼 나긋나긋한 맛은 없지만…… 그래도 그때나 지금이나 한결같이 아름답다고!"

교극천이 위로랍시고 그렇게 말하며 은소소를 다독인다.

'달래려는 건지 화를 더 돋우려는 건지는 잘 모르겠다만……'

아닌 게 아니라, 교극천의 말에 '내가 드세다고요?' 라며 대번에 눈썹을 치켜뜨는 은소소다.

그런 그들 부부를 보며 루하는 그저 어이없을 뿐이다.

교극천을 지옥에서 건져 올릴지 말지를 결정하는 일이다. 그리고 자칫 그 일이 교극천을 노예 아닌 노예로 만들어 버릴 수도 있다.

교극천 개인은 물론이고 북해빙궁의 현재, 그리고 미래가 걸린 중차대한 선택의 기로이건만 한가로이 사랑싸움이나 하고 있다.

'이걸 대범하다고 해야 하는 거야, 개념이 없다고 해야 하는 거야?'

어느 쪽이든 간에 그는 지금 그들의 사랑싸움을 더 두고 볼 만큼 그렇게 비위가 좋지가 못하다.

"어쩌시겠습니까? 귀소본능이라는 부작용을 감수하고서라도 치료를 받아 보시겠습니까?"

"그러니까 그깟 귀소본능 따위가 나한테 통할 리가 없다니까!"

"그럼 궁주님의 뜻은 치료를 받겠다는 거군요. 근데 아까는 필요 없다지 않으셨습니까?"

"허나 어쩌겠느냐! 내가 그깟 귀소본능 따위에 굴복당하지 않는다는 걸 증명하기 위해서는 그 방법밖에 없는 것을!"

그냥 치료를 받고 싶어서 둘러대는 말이 아니다. 교극천은 정말로 오기에 받쳐서 하는 말이다.

다혈질에다 무식하리만큼 단순하고 직선적이다.

상상과는 너무 다른 북해빙궁주의 모습에 아직도 괴리감을 지우는 게 쉽지가 않다.

어쨌든 교극천의 뜻은 알았다. 이제 최종 결정권자인 은소소의 생각만 확인하면 된다.

루하가 은소소에게 물었다.

"귀소본능이라는 것이 당하는 저도 여간 골칫거리가 아니라서, 치료하는 것 자체가 저로서도 많은 것을 감수하고 하는 겁니다. 그러니만큼 이후에 일어나는 일까지 책임질 생각은 추호도 없습니다. 귀소본능을 이겨 내든 못 이겨 내든 그 책임은 전적으로 당신들이 지는 거고, 그것과는 상관없이 혁련휘의 보물은 약속대로 우리가 가져갑니다. 그래도 남편분의 치료에 동의하십니까?"

루하가 진지하게 묻자 은소소도 지금까지의 장난스러운 모습과는 달리 사뭇 진지한 표정과 눈빛을 하고는 대답했다.

"예. 치료해 주세요. 귀소본능이든 뭐든 저이가 지옥염화의 불구덩이 속에 들어가서 고통받는 것보다는 백배 천배 나으니까요."

＊　　　＊　　　＊

치지지직—

빙기와 화기가 맞닿자마자 루하는 교극천의 손목에서 급히 손을 뗐다.

교극천의 손목으로 조화지기의 화기를 밀어 넣는 순간 갑작스럽게 튀어나온 빙기가 반발하며 화기를 밀어낸 것이었다.

'이거 장난 아닌데?'

손바닥을 통해 전해오는 냉기에 가슴이 다 서늘할 지경이었다.

'역시 북해의 빙기라는 건가?'

비록 다섯 가지의 기운 중 하나였다고 해도 조화지기가 같은 기운에 밀린 건 처음이었다. 그만큼 북해의 빙기는 강하고 단단했다.

"왜? 잘 안 돼?"

설란이 걱정하며 묻는다.

은소소도 잔뜩 긴장한 표정으로 루하를 보고 있다.

루하가 어깨를 으쓱해 보였다.

"확실히 만만치가 않네. 북해의 빙기라는 게 생각 이상으로 독해. 단순히 화기로 빙기를 태운다거나 같은 빙기로

빨아들일 수 있는 놈이 아냐."

"그럼?"

"싹 갈아엎어야 할 것 같아."

"싹 갈아엎는다면…… 또 환골탈태를 시켜야 한다는 거야?"

순간, 은소소가 놀란 눈을 동그랗게 떴다.

"환골탈태라뇨? 지금 저이를 환골탈태시키겠다는 말씀이세요? 그게 가능해요?"

여기까지 왔는데 숨길 게 더 뭐가 있으랴. 더구나 여기에서 일어나는 일에 대해선 절대 함구하기로 약조도 받아 두었다.

루하가 고개를 끄덕였다.

"가능하긴 합니다. 이게 처음도 아니구요."

사람으로 치면 예천향에 이어 두 번째고, 암수 닭수리까지 하면 네 번째다.

"그럼 대협께선 마음만 먹으면 누구라도 환골탈태를 시킬 수 있단 말씀인가요?"

"그게 그렇게 좋은 것만은 아닙니다. 확실한 건 아니지만 아무래도 주입되는 조화지기의 양이 많아질 수밖에 없다 보니 귀소본능도 더 강하게 나타날 수 있습니다."

하지만 루하의 그 말이 은소소를 더 놀라게 했다.

'그럼 이자가 마음만 먹으면 환골탈태를 한 고수들로 군대를 만들 수도 있다는 건가? 그것도 절대로 배신하지 않을, 목숨 바쳐 충성할 충신들로?'

언제가 설란도 똑같은 상상을 하고 똑같은 걱정을 했다. 다만 그때도 지금도 설란에게 루하는 한편이지만, 은소소에겐 적아가 분명치 않은 모호한 존재라는 것이다.

'만일 이자와 본 궁이 적이 된다면……'

생각만으로도 섬뜩하다.

그녀도 중원의 명문 무가에서 태어난 무림인이었다. 세상을 인지하기도 전에 검을 잡았다. 무에 대한 재능도 뛰어나 나이에 비해 꽤 높은 성취를 이루기도 했다. 그런 만큼 북해빙궁의 힘이 얼마나 대단한지 누구보다 잘 안다. 사랑에 눈이 멀어 가문도 버리고 중원도 등진 채 무작정 교극천을 따라와 목격하게 된 북해빙궁의 힘은 그녀에게 경외감마저 안겨 주었다. 그리고 그 힘이 지금은 믿음이자 자부심이 되어 있었다.

그런데 그 믿음이, 그 자부심이 이 사내 앞에선 너무나 하잘것없는 것이 되어 버린다.

"마지막으로 한 번만 더 묻겠습니다. 환골탈태가 끝나면 남편분은 지금까지 알고 계시던 분과는 다른 분이 되어 계실지도 모릅니다. 아니, 분명 다른 분이 되어 계실 겁니다.

그래도 계속하시겠습니까?"

루하가 최종 선고를 하듯 그렇게 물었다. 그러나 대답은 은소소의 몫이 아니었다.

"뭘 잔소리가 그리도 많아! 사내대장부가 한번 하기로 했으면 죽이 됐든 밥이 됐든 간에 무조건 하는 거지! 그리고 누가 다른 사람이 된단 말이냐! 나는 이 치료가 끝나고 나서도 여전히 나로 있을 것이다. 내 낙원을 부순 네놈에 대한 원한을 결코 잊지 않을 것이라 이 말이다!"

치료를 시작하기 전에 혼혈을 짚어 놓았건만 어느새 깨서는 버럭버럭 소리를 질러 댄다.

'하긴, 그래도 명색이 북해빙궁의 주인인데 점혈 같은 게 간단히 먹힐 리가 없지.'

루하는 숨을 길게 뱉으며 고개를 끄덕였다.

"알겠습니다. 그럼 지금부터 제대로 시작해 보죠. 근데 그전에…… 환골탈태를 시켜 주겠다는데 안 고맙습니까?"

"어차피 공짜가 아니지 않느냐? 이건 어디까지나 거래인데 내가 왜 고마워해야 한단 말이냐?"

"그래도 환골탈태잖습니까? 무림인에겐 다시없을 최고의 기연 아닙니까? 지금 막 흥분되고 떨리고 그러실 거 아닙니까?"

"흥! 내가 그깟 환골탈태 따위에 채신머리없이 호들갑을

떨 것 같으냐? 어림 반 푼어치도 없는 소리! 환골탈태가 아니라 환골탈태 할아비라도 나 교극천의 평정심을 흐트러뜨릴 수는 없다!"

'그런 것 치고는…… 그 평정심, 이미 너무 흐트러져 보이는데?'

입꼬리는 잔뜩 말려 올라가 있고 말려 올라간 입꼬리에선 비쭉비쭉 숨소리가 요철처럼 들락날락거린다. 어떻게 봐도 평정심과는 거리가 먼 모습이지만, 루하는 큰일을 앞두고 대승적인 차원에서 모른 척하기로 했다.

"그럼 시작하겠습니다. 빙기의 반발이 커서 아플 수도 있으니까 마음 단단히 하셔야 할 겁니다."

루하는 교극천이 뭐라 더 말을 하기도 전에 그의 단전에 손을 가져다 댔다. 그리고 주저 없이, 아니, 조금은 개인적인 감정을 담아 거칠게 조화지기를 밀어 넣었다.

"끄아아아아아악!"

*   *   *

눈을 떴다.

빛 한 점 없이 어둡다. 그런데도 시야는 그 어느 때보다 맑다.

얼마나 지난 것일까?

많이 아플 거라는 말과 동시에 밀려들던 노도 같은 기운이 빙기와 부딪치는 순간, 그야말로 혼백이 산산이 터져 버리는 것 같은 고통이 밀려들었다. 수미동에서 보낸 그 지옥 같은 고통의 시간들 속에서도 정신을 잃어 본 적이 없건만 그때만큼은 정말이지 뭐가 어떻게 된 건지 인식도 못 한 채 그대로 정신을 놓아 버렸다.

그리고 지금 이렇게 깨어난 것인데, 그 후로 얼마나 정신을 잃었던 건지 시간 감각이 없다.

'치료가 끝나긴 한 건가?'

누운 그대로 관조하듯 자신의 몸을 살폈다.

…….

없다.

'빙기는…… 사라진 것 같은데?'

늘 어딘가에서 이빨을 드러내며 으르렁거리던 빙기가 지금은 전혀 느껴지지 않는다.

순간 교극천의 눈빛이 어둠 속에서 반짝였다.

"그럼…… 환골탈태도……?"

정말로 환골탈태까지 된 것일까?

루하로부터 환골탈태라는 말을 들었을 때부터 반신반의했다. 그러면서도 기대를 했다. 왜 아니 그렇겠는가. 그 역시 무인이었고, 무인에게 환골탈태란 그 어떤 것과도 비할 수 없는 최고의 가치이자 욕망이니까.

교극천은 급히 상체를 일으켜 가부좌를 틀었다. 그리고 단전의 화기를 끌어올려 일주천을 시켰다.

……

하지만 모르겠다.

어딘지 달라진 것도 같고 또 그렇지 않은 것도 같다. 하지만 일주천이 끝나고 눈을 떴을 때, 그는 몸의 변화를 확실하게 알았다.

두둥실-

인식하지도 못하는 사이 그는 가부좌를 튼 채로 석 자가량이나 공중 부양을 하고 있었던 것이다.

공중 부양이 특별한 것은 아니다. 하고자 하면 못 할 것도 없다. 하지만 하고자 하지 않았는데도 공중 부양을 한 적은 이번이 처음이었다.

"나…… 정말 환골탈태를 한 건가?"

정말 그자가 나를 환골탈태시킨 것이 사실이란 말인가?

머리털이 곤두선다. 심장이 요동친다.

하지만 자신의 변화에 기뻐할 겨를도 없이 불쑥 떠오르는 의문 하나.

"그래서…… 귀소본능은?"

뭐가 달라진 건지 잘 모르겠다.

치료를 받기 전과 지금을 비교했을 때, 딱히 어떤 심경의 변화도 느껴지지 않는다.

"그럼 그렇지! 귀소본능인지 뭔지 그딴 게 이 교극천에게 통할 리가 없지!"

웃음이 난다.

"하하하하!"

마치 큰 전쟁에서 승리한 장수마냥 조화지기에 굴복당하지 않은 자신이 대견하고 자랑스럽다.

이 자랑스러운 승전보를 은소소에게 얼른 전하고 싶다. 그리해 그 즉시 문을 박차고 나왔다.

한데, 어쩐 일인지 아무도 보이지 않는다.

"서방님이 일생일대의 사투를 벌이고 왔는데 대체 어딜 간 거야? 설마 이 중차대한 순간에 잠이라도 퍼질러 자고 있는 건 아니겠지?"

교극천은 고개를 저었다.

그럴 리가 없다. 애초에 이런 상황에서 물색없이 잠이나 퍼 잘 만큼 잠이 많은 여인도 아니다.

"그럼 혹시 그거 때문인가? 내가 발정 난 개새끼마냥 그놈에게 달려들 거라고 해서? 차마 그 꼴을 볼 수가 없어서? 하하! 그런 거라면 날 너무 과소평가한 거지. 소소! 난 말짱하다고! 그깟 귀소본능 따위가 날 어찌할 수 있을 리가 없잖아!"

땅을 박찼다.

은소소가 있을 만한 곳으로.

팡—

몸이 가볍다.

빠르다.

이 순간 그의 발끝에서 지금껏 경험해 보지 못한 경쾌함이 터져 나온다.

새삼 자신이 환골탈태를 이루었다는 걸 재인식한다.

정말로 강해진 것이다.

그 바람에 더 조급해졌다.

이 강해진 모습을, 이 당당한 모습을 은소소에게 보여 주고 싶어 안달이 난다.

더 힘껏 땅을 찼다.

슈아아아앙—

그런데…… 그는 분명 은소소가 있을 만한 곳, 그와 그녀의 보금자리로 달려가고 있었다. 그렇게 목표를 정했다. 그리고 그곳은 눈을 감고도 찾아갈 수 있는 곳이었다.

"한데 어째서……?"

지금 자신의 눈앞에 있는 건물은 그들 부부의 처소가 아니라 빈청이란 말인가?

그 황당한 상황에 빈청으로 들어가는 월동문 앞에서 잠시 멍해 있던 교극천은 불길하고 불쾌한 생각이 엄습해 왔지만,

"허허…… 나 좀 보게. 환골탈태를 하고 났더니 정신이 없네, 정신이 없어."

별거 아닌 척 짐짓 태연하게 걸음을 돌렸다. 아니, 걸음을 돌리려 했지만 그의 의지와는 상관없이 그의 손은 월동문을 열었고, 두 다리는 성큼 그 문턱을 넘는다.

'이게 무슨……?'

자신의 의지와는 전혀 상관없이 제멋대로 움직이는 손과 발에 화들짝 놀라서 급히 걸음을 멈추려 했다. 그러나 멈출수 없다. 멈춰지지 않는다. 그의 두 다리는 완벽하게 의지의 통제를 벗어나 있었다. 아니, 이젠 자신의 의지가 무엇인지조차 모르겠다. 루하가 머물고 있는 빈청의 객실과 가까워지면 가까워질수록 모든 것이 다 모호해진다.

그렇게 멍한 채로 마침내 루하가 머무는 객실 앞에 다다랐다.

무심결에 문을 향해 손을 뻗어 가던 교극천이 움찔한다.

짧은 순간, 그의 머릿속에선 많은 생각이 얽혔다.

이러고 있는 자신이 낯설면서도 어이없다. 지금이라도 몸을 돌려야 한다고 이성이 아우성을 친다. 그런데도 한 걸음도 뗄 수 없는 이 빌어먹을 몸뚱이에 화가 치민다. 하지만 마음은 또 다르다.

뭘까? 이 불안함은? 이 그리움은? 머릿속이 멍할 만큼 가슴 떨리는 이 충동은?

결국 충동을 이기지 못하고 다시 문으로 손을 가져가려는데, 그의 손이 막 문고리에 닿기 직전이었다.

벌컥!

문이 열렸다.

그리고 그 안에 네 개의 눈이 있다.

"거 보세요. 내가 여기로 올 거라 그랬죠?"

루하는 입꼬리를 실룩이며 득의해하고 있었고, 은소소는 안타까움인 것도 같고 불신인 것도 같고 동정인 것도 같은 복잡한 시선으로 그를 보고 있었다.

얼굴이 화끈거렸다.

들키고 싶지 않은 치부를 들켜 버린 것 같은 기분. 그것도 하필이면 가장 들키고 싶지 않은 사람들에게 들켜 버렸다.

그를 더욱 당혹스럽게 하는 것은 이런 순간에도 그의 눈은 자신의 처가 아닌 루하에게 멈춰져 있다는 것이다. 자석에라도 붙은 것처럼 그에게서 도무지 눈을 뗄 수가 없다.

'귀소본능……'

그랬다.

조화지기에 굴복당했다. 인정하고 싶지 않지만 지금 자신의 비정상적인 상태는 귀소본능 말고는 달리 설명할 방법이 없다.

그러나 포기하지 않는다. 이대로 체념하고 사내의 품에 안기기에는 자존심이 허락하지 않는다.

극복할 것이다! 귀소본능 따위, 반드시 이겨 내 보일 것이다!

*   *   *

단전에서 시작해 상곡혈(商曲穴), 단중혈(丹中穴), 신도혈(神道穴), 신봉혈(神封穴)을 타고 오르다 겨드랑이 아래의 극천혈(極泉穴)에 머무른다. 그러다 다시 늑골의 경문혈(京門穴)에서부터 어깨의 결분(缺盆), 눈 밑의 승읍(承泣)을 타고 정수리의 백회혈까지 올라 역순으로 급격히 내려가더니 단전을 거치지 않고 혈해(血海), 양구(梁丘), 음룡천(陰龍泉), 족삼리(足三里)를 지나 해계(解谿), 태충(太衝)까지 단숨에 주파해 버린다.

그렇게 교극천의 전신 혈도를 몰아쳐 가고 있는 뜨거운 기운은 그 뜨거움만큼이나 거칠고 사나웠다.

운기행공 중이다.

'귀소본능 따위에게 절대로 미혹되지 않는다!'

마음을 다잡고자 그는 벌써 사흘째 운기행공 중이다.

한순간도 쉬지 않았다. 한순간이라도 마음을 풀면 귀소본능이란 놈에게 또다시 잡아먹힐 것만 같아서.

'반드시 이겨 낼 것이다!'

그리해 부끄럽고 창피했던 기억을 말끔히 지워 낼 것이다.

여섯 번째 일주천을 완료한 교극천은 그렇게 각오를 굳건히 하며 다시 기운을 끌어올렸다. 그때, 옆에서 핀잔의 목소리가 들려왔다.

"그만 좀 하죠? 그런다고 될 일이 아니라니까. 아니 그전에, 귀소본능을 떨칠 거면 그냥 조용히 혼자서 곱게 떨칠 것이지 왜 내 방에 와서 이러는 겁니까?"

루하였다.

어이없게도 귀소본능을 이겨 내기 위해 운기행공을 할 거라며 찾아온 장소가 루하의 방이었던 것이다.

"시작부터 지고 들어가는 싸움이 제대로 될 리가 있냔 말입니다. 전혀 의지가 없어 보이잖아요, 의지가! 진정으로

극복해 볼 생각이라면 여기서 이러지 말고 아예 천잠사로 손발을 묶고 한철로 문을 닫아 잠그는 것부터 하란 말입니다. 뭡니까, 이게? 내가 왜 냄새나는 사내랑 한 방에서 사흘이나 밤을 같이 보내야 하냔 말입니다!"

정말이지 이건 아니었다.

북해빙궁에서 귀소본능에 대해 아는 사람은 교극천과 은소소뿐이었다. 심지어 교위연에게조차 귀소본능에 대해선 알려 주지 않았다.

그러다 보니 자신의 침소에서 교극천과 밤낮없이 은밀한 밀회를 나누고 있는 루하를 이상한 시선으로 보는 사람들이 허다했다.

그렇다고 이게 다 귀소본능 때문이란 것을 까발려 버릴 수도 없는 노릇, 그야말로 억울해서 미치고 팔짝 뛸 노릇이었다. 그런데도 혼자 한가롭게 운기행공이나 하고 앉아 있는 교극천을 보고 있자니 속에서 아주 천불이 날 지경이다.

루하는 벌떡 몸을 일으켰다.

"젠장맞을! 차라리 밤이슬을 맞는 게 낫지!"

북해의 추위는 죽음보다도 고통스럽지만, 그래서 갖은 오해의 시선들에도 지금까지 버티고 또 버텼지만, 이젠 한계다. 싫다. 차라리 얼어 죽고 말겠다.

그리해 침소를 나가려는데,

덥석—

거센 손길이 그의 바짓가랑이를 잡아채는 것이 아닌가?

"……."

교극천이다.

운기행공에 빠져 있던 교극천이 그가 방을 나가려는 순간 그의 바짓가랑이를 잡아챈 것이다.

장터 가는 어미 치맛자락 잡는 어린아이의 절박하면서도 다부진 손길이 이러할까 싶었다. 그를 올려다보는 눈망울은 그보다 더 애처롭다.

'이거…… 어떻게 된 게 증세가 더 심각해?'

비교할 수 있는 표본은 예천향뿐이지만, 예천향 때만 해도 이 정도는 아니었다. 침소에 몰래 파고들긴 했어도 이렇게까지 노골적으로 구애의 눈빛을 보내오진 않았다.

'단순히 이 인간이 좀 유별나서 그런 건가? 아니면…… 내단에 영향을 받은 건가?'

예천향을 치료했을 때와 지금을 비교한다면, 달라진 건 내단뿐이다. 조화지기가 내단을 흡수해서 한층 더 강력해진 귀소본능을 유발시키고 있는 것은 아닐까?

뭐가 어찌 됐든 일단 이 끈질기게 들러붙는 찰거머리부터 떼어 내고 볼 일이다.

"이거 놓으시죠?"

"……."

"놓으라는데 뭘 그렇게 봐요? 그렇게 불쌍하게 본다고 넘어갈 일이 아니잖습니까? 귀소본능 따위 반드시 이겨 내 보일 거라던 그 패기는 대체 어따 팔아 드시고 이러시는 겁니까? 명색이 북해빙궁의 궁주신데, 안 쪽팔립니까?"

"나, 나도 쪽팔린다. 허나 쪽팔려도 내 몸이, 내 마음이 말을 안 듣는 걸 난들 어찌한단 말이냐? 네가 한시라도 내 눈에 보이지 않으면 도저히 견딜 수가 없는 걸 나더러 어찌하란 말이냐!"

아리따운 여인에게서 들었다면 참 감격스럽고 기분 좋은 고백이겠지만 산도적 같은 사내에게 그 말을 들으니 온몸에 소름이 다 돋는다.

"으아! 미치겠네, 진짜! 그만 좀 하라구요!"

아주 진저리를 친다.

"내가 미쳤지! 내가 미쳤어! 애초에 그딴 거래는 하는 게 아니었는데! 뻔히 이런 사태가 벌어질 줄 알면서 그깟 표물에 눈이 멀어서…… 이렇게 될 바에야 차라리 그냥 도적질을 해 버리는 게 백 번, 천 번 나았는데…… 이게 무슨 개 같은 상황이냐고!"

더는 말 섞기도 싫다.

루하는 아직도 그의 바짓가랑이를 잡고 있는 교극천의

손을 거칠게 뿌리치고는 문을 열었다. 하지만 그는 그 지옥 같은 곳에서 한 발짝도 내딛지 못했다. 딱히 교극천이 다시 그의 바짓가랑이를 잡아챈 때문은 아니었다.

방문 앞에 서 있는 작은 그림자 하나.

은소소였다.

그렇다고 단지 은소소가 앞을 막아선 때문도 아니었다.

은소소의 눈빛이 이 지옥 같은 방구석을 뛰쳐나가려는 그를 주춤 뒤로 물러서게 했다.

뭘까? 저 원망에 찬 눈빛은? 저 표독스런 눈빛은?

분명한 적의가 담겼다.

'왜……?'

마치 사랑하는 이를 빼앗아 간 막장극의 주인공이 된 듯한 이 기분은 도대체 뭐란 말인가?

귀소본능에 대해서 이미 알고 있는 그녀가 아니던가?

이런 상황이 벌어질지도 모른다 재차 삼차 누누이 경고를 줬지 않았던가?

'그런데도 왜 저런 눈으로 날 보는 건데?'

그러고 보니 은소소의 눈은 그에게만 멈춰 있지 않았다.

또르르르 눈알이 떨어지며 이르는 곳, 그리해 더 큰 원망과 더 강한 적의를 만들어 내는 곳.

루하의 시선도 자연스럽게 자신의 발치께로 향했다. 물론 거기에는 그의 바짓가랑이를 잡고 있는 교극천이 있었다.

은소소가 눈앞에 있는데도 그녀에게 눈길 한 번 주지 않은 채로.

천지간에 오직 루하밖에는 눈에 들어오지 않는다는 듯이 그렇게 애처롭고 하염없는 눈빛으로.

은소소가 교극천에게서 눈을 뗐다. 그리고 한층 더 강해진 원망과 적의를 담아, 하지만 말투만은 조근조근하게 말했다.

"저랑 이야기 좀 하실까요?"

앙다문 입매의 끝으로 살포시 올라가는 미소는…… 그래, 그것은 말 그대로 죽음의 기운을 가득 머금은 살소(殺笑)였다.

第五章

좋아! 그럼 한번
신명 나게 때려잡아 볼까?

또르르르—

맑고 영롱한 청록빛의 찻잔에 깊은 황금색의 찻물이 채워졌다.

"연일차예요. 그이를 따라 처음 이곳에 왔을 때 북해의 날씨에 적응을 못 했어요. 늘 불면증과 편두통에 시달렸죠. 그때부터 마시기 시작한 게 연일차예요. 듣기로 공력에 맞지 않게 추위를 많이 타신다면서요? 그래서 잠도 편히 못 주무신다고……. 드셔 보세요. 추위를 쫓는 데 이 연일차가 도움이 될 거예요."

은소소가 그렇게 말하며 루하의 앞으로 찻잔을 내민다.

물론 이곳에 오고부터 불면증에 시달리는 건 사실이다. 편두통에 시달리는 것도 맞다. 그러나 그건 단지 추위 때문이 아니었다.

'당신 남편 때문이라고, 당신 남편!'

산도적 같은 사내가 사흘 밤낮으로 자신의 옆에 찰싹 달라붙어 있는데 어떻게 잠이 오겠으며, 심신인들 정상적일 수가 있겠는가 말이다.

'차라리 처남은 예쁘기라도 했지.'

저 황금빛의 차만 해도 그렇다.

마시기 싫다. 아니, 못 마시겠다. 아무리 불면증에 좋고 편두통에 좋다 한들 방금 전의 그 살기 진득한 미소를 보았는데, 저 황금색 액체 속에 뭐가 들었을지 어찌 알고 그걸 마시겠는가.

'막말로 여자의 질투는 사갈의 독보다 무섭다는데 진짜로 사갈의 독이라도 넣었을지 내가 어떻게 아냐고.'

만독불침의 몸이라 해도 독을 좋아할 만큼 특이 취향은 아닌 것이다.

루하가 찻잔에는 눈길도 주지 않자 은소소가 물었다.

"안 드시나요?"

"차 별로 안 좋아합니다."

"몸에 좋은데……."

몸에 좋다는 말이 왠지 더 무섭다.

"저란 사람이 그렇게 고상한 사람이 못 되어서, 몸에 좋은 것보다는 입에 맞는 걸 더 선호하는 편입니다."

아예 더 권유를 말라는 의미로 찻잔을 멀찍이 밀어내는 루하다. 그리고 물었다.

"그래서…… 무슨 일로 보자셨습니까?"

섭섭한지 루하가 밀어낸 찻잔을 얼마간 지그시 보던 은소소가 이내 얕은 한숨을 폭 내쉬며 입을 뗀다.

"저이…… 저러는 거 고칠 방법이 없나요?"

은소소의 눈이 자신의 처소 밖을 향한다.

방문 너머 안절부절 부산한 기척이 느껴진다. 교극천이다. 은소소는 물론이고 루하까지 엄하게 말해 뒀기에 망정이지, 그렇지 않았다면 벌서 방문을 박차고 달려 들어왔을 것이다.

루하가 대답했다.

"그렇게 말씀드렸지 않습니까? 치료를 받고 나면 남편분을 저한테 빼앗기게 될지도 모른다고."

물론 들었다. 하지만 저 정도일 줄은 정말로 몰랐다. 그토록 자존감 크고 자존심 강한 사내가 정인에게 버림받은 여인네처럼 루하의 바짓가랑이를 붙들고 늘어질 줄 어찌 상상이나 했겠는가.

"정녕 방법이 없는 건가요? 어차피 대협께선 중원으로 돌아가실 분이시잖아요. 몸이 멀어지면 마음도 멀어지기 마련이라는데……."

"음…… 효과가 있긴 합니다만……."

예천향을 보면 확실히 효과는 있다. 의선가에 있을 때는 루하가 옆에 없으면 당장이라도 죽을 것 같이 굴었지만, 막상 루하가 떠나고 나니 의선가의 후계자로서 맡은바 소임을 성실히 다하고 있었다.

문제는 지금 교극천의 증세가 예천향보다 훨씬 심각하다는 것이다.

"지금 상태를 보면 떼어 낼 수라도 있으면 다행일 겁니다."

예천향의 경우는 그래도 설란의 명이 먹혔다. 그만큼 예천향에게 설란의 지배력이 강했기에 통제가 가능한 거였지만, 과연 과거의 은소소나 그리워하는 교극천에게도 은소소의 지배력이 통할까? 더구나 지금 루하의 조화지기는 예천향 때보다 훨씬 더 강한 구속력을 가지고 있었다.

"방법은 하나밖에 없습니다. 우리가 떠날 때 궁주님의 손발에 족쇄라도 채우는……."

그런데 루하가 말을 다 끝맺기도 전이었다.

콰쾅!

갑작스럽게 밖에서 폭발음이 들린다 싶더니,

꽤애애액!

귀를 찢는 짐승의 울음소리가 이어지고,

"이 미물들이 어디서 감히! 빙천열지(氷天裂地)!"

교극천의 일갈과 함께,

콰콰콰콰쾅!

처음보다 더 강한 폭음이 천지를 흔든다.

이게 다 무슨 일인가 싶어 급히 밖으로 뛰어나갔다. 그리해 루하의 시야에 들어온 것은 닭수리였다. 두 마리의 암수 닭수리와 교극천이 난데없이 사투를 벌이고 있었다.

상황 파악은 어렵지 않았다.

언제나 그렇듯 새벽이 되어 눈을 뜬 닭수리들이 루하를 찾아왔고, 이 앞을 서성이던 교극천과 만났다. 귀소본능은 독점욕을 수반한다. 암수 닭수리들도 서로 눈이 맞기 전까지는 그리도 서로를 못 잡아먹어서 안달이지 않았던가.

지금 교극천이 닭수리들과 싸우고 있는 것도 그 때문인 것이 분명했다. 루하를 향한 독점욕이 서로를 저토록 치열한 싸움으로 몰아가고 있는 것이었다.

그나저나 놀랍다.

상대는 북해빙궁의 궁주다. 거기다 환골탈태까지 마쳤다. 지금 닭수리들을 상대로 발휘하고 있는 실력만 보아도 지금껏 루하가 보지 못한 수준이었다. 장담하건대 팔공산의 사왕보다 강하다. 녹림칠패고 정도십이천이고 교극천에 견줄 수 있는 사람은 아무도 없을 것이다. 어쩌면 강시와 붙어도 자웅을 겨룰 수 있지 않을까 싶을 정도로 북해의 기운을 담은 교극천의 힘은 실로 패도적이었다.

그런데도 밀리지 않는다.

교극천이 뿌려 대는 그 패도적인 공격에 정면으로 맞붙지는 못하고 있지만 하늘을 자유로이 날 수 있다는 것과 속도의 이점, 그리고 한 몸처럼 펼치는 합공으로 교극천을 꽤나 애먹이고 있었다.

사실 루하도 닭수리들의 실력을 제대로 보는 건 지금이 처음이었다.

예전 괴수 사냥을 딱 한 번 목격한 게 전부다. 혼천마교가 표행단을 덮쳤을 때도 루하는 재생 괴물들을 상대하느라 정작 닭수리들의 활약상은 직접 눈으로 보지 못했다.

그런데 지금 교극천과 어우러져 건곤일척의 승부를 펼치고 있는 그 당당한 모습을 보고 있자니 왠지 감동적이기도 하고 대견하기도 하다.

하지만 내 새끼 같은 닭수리들의 활약을 느긋하게 감상하는 것도 거기까지였다. 돌연 교극천이 하늘로 오른손을 들어 올리자 그 손에 하얀 서리가 낀다.

낯설지 않다. 본 적 있다. 비록 그때는 손이 아니라 검이

었지만 교위연이 저것과 똑같은 자세를 취했고, 직후 북해
빙궁 최강의 무공인 빙백신검이 펼쳐졌다.

검이 아닌 손인 만큼 지금 교극천이 펼치려는 것은 빙백
신장일 것이다.

'버티지 못한다!'

지금까지는 일진일퇴 막상막하의 공방이 이어졌다지만
교극천의 빙백신장만큼은 닭수리들이 견딜 수 있는 수준의
것이 아니다. 교극천의 손에서 빙백신장이 터지는 순간 닭
수리들의 몸도 같이 터져 버릴 것이다. 그만큼 환골탈태까
지 한 교극천의 힘을 업은 빙백신장은 가공스러울 터였다.

그리해 그 치열한 전장을 향해 일갈대성을 터트렸다.

"멈춰!"

그러나 한발 늦었다.

"빙백수라무(氷白修羅舞)!"

그 순간 이미 교극천은 닭수리들을 향해 빙백신장을 날
린 것이었다.

'이런!'

아차 했다. 하지만 루하의 몸은 거의 반사적으로 그보다
더 빨리 움직였다.

단숨에 공간을 격하며 닭수리들의 앞을 막아선 루하는
찰나 간에 이미 자신의 코앞까지 이른 강력한 빙기의 덩어

리를 향해 주먹을 내질렀다.

빙기의 덩어리가 루하의 주먹과 충돌하고,

콰아아아아아앙!

엄청난 굉음이 북해의 얼음 땅을 뒤흔든다.

"윽!"

순간적으로 주먹을 통해 전해 오는 거력에 루하가 묵직한 신음을 토하며 주춤 두 걸음을 물렀다.

그런 루하가 멍하니 자신의 주먹을 내려다본다. 어찌나 여파가 강했던지 아직도 주먹이 다 얼얼하다.

'이거⋯⋯.'

교극천에 대한 평가를 다시 해야겠다. 강시와 붙어도 자웅을 겨룰 수 있을 정도가 아니라, 이 정도면 어지간한 강시는 혼자서도 때려잡겠다.

루하가 새삼스러운 눈으로 교극천을 본다. 지금 교극천은 당황한 기색이 역력했다.

"나, 난⋯⋯."

예상치 못한 상황에 대한 놀람과 당혹감, 그리고 어찌할 수 없는 죄악감에 루하를 똑바로 쳐다보지도 못한다.

반대로 닭수리들은,

꼬꼬꼬꼬!

루하에 대한 복수심에 불타서는 당장이라도 교극천에게

달려들 듯이 사납게 울어 댄다.

"됐어! 그만해! 난 괜찮으니까 진정들 하라고!"

루하는 그렇게 닭수리들을 진정시키는 중에도 교극천에게서 눈을 떼지 않았다.

지금 이 순간, 엉뚱하게도 욕심이 생긴다.

'그냥…… 중원으로 데려가 버려?'

교극천의 힘을 직접 받아 보니 이런 땅끝 구석에 버려두기엔 너무 아깝다. 생판 남이라면 아무리 그가 강하다고 해도 이런 욕심이 들지는 않겠지만 어쨌거나 조화지기로 인해 귀소본능이라는 지독한 인연의 끈으로 묶였다. 그가 마음만 먹으면 다시없을 최고의 고수를 얻게 되는 것이다.

생각이 거기까지 미치자 욕심은 더 구체화된다.

그렇게 탐욕으로 눈을 번득이는 루하를 불안한 시선으로 보는 눈이 있었다.

'설마…… 저이한테 다른 마음을 품고 있는 건 아니겠지?'

은소소다.

여자의 본능으로 루하의 눈에 들어찬 탐욕을 대번에 알아차린 것이다.

자신의 남자를 뺏으려 하는 것이 틀림없다. 적어도 지금 이 순간 그런 생각을 하고 있는 것만은 분명하다.

치정극 속의 가련한 여주인공이 되기라도 한 것 같은 이 불안감이라니.

'아냐!'

고개를 세차게 저었다.

절대로 그런 일이 벌어질 리가 없다.

평생을 그녀만을 바라봐 온 교극천이, 그녀를 위해서라면 기꺼이 목숨도 내놓을 수 있다 했던 그가 계집도 아니고한낱 사내에게 빠져 자신을 배신할 리가 없는 것이다.

'그래. 그럴 리가 없어!'

하지만 아무리 부정하고 또 부정을 해 보아도 지금 마음속에 들어찬 불안은 조금도 덜어지지 않는다. 그도 그럴 것이 지금 이 순간에도 교극천의 눈길은 하염없이 루하를 향해 있는 것이다.

그걸 보고 있자니 불안은 원망이 된다.

원망에 찬 시선이 따가웠나 보다.

무심결에 은소소에게로 눈길을 돌리다 은소소의 눈빛에찔끔하는 루하다.

'들……켰나?'

지금까지도 충분히 질투 어린 눈빛을 받았지만 지금의것은 농도가 다르다. 경계 정도가 아니라 이미 남편을 빼앗기기라도 한 것마냥 그 눈은 원독에 차 있다.

아무래도 찔리는 것이 있다 보니 루하도 은소소의 눈을

마주 보기가 힘들어서 억지 미소를 입가에 걸고는 슬쩍 고개를 돌리는데, 그때 마침 다른 시선 하나와 눈이 마주쳤다.

그 눈빛 또한 호의와는 거리가 멀다. 물론 은소소의 독한 눈빛에 비할 바는 아니지만 그보다 더 루하를 불쾌하게 만드는 것이 있다.

일단 그 시선의 주인부터가 마음에 안 든다.

비마관 관주 여홍.

표행단을 이곳 북해빙궁까지 안내해 준 사내.

처음 만났을 때부터 지금까지 시종일관 루하에게 오만불손한 태도를 보여 온 자다. 심지어 교극천의 낙원을 날려 버린 일로 징계 회의가 열릴 거라며 그에게 되도 않게도 뻔히 드러날 공갈 협박까지 했다.

그만큼 루하를 하찮게 보는 인간이다. '대체 뭘 믿고 저렇게 엉길까?' 싶을 정도로 막무가내로 건방졌다.

그런 여홍이 지금 이 순간 어쩐 일인지 지금까지보다 훨씬 더 노골적인, 아니 직접적인 적의를 담아 루하를 노려보고 있는 것이었다.

아닌 게 아니라, 지금 여홍은 루하를 죽이고 싶을 정도로 그에게 화가 나 있었다.

'저자가 분명 궁주님께 사술을 부린 것이야!'

물론 교극천은 선대의 궁주들과는 조금 다른 성향을 가진 사내였다. 좋게 말하면 자유분방하고 나쁘게 말하면 경박할 정도로 제멋대로다. 심지어 중원의 여인을 데려와 혼인을 하겠다며 북해빙궁을 발칵 뒤집어 놓기까지 했다.

그렇게 약점이 많고 부족한 부분이 많은 교극천이라서 그가 북해빙궁의 궁주로 정해졌을 때 우려와 불신으로 적잖은 분란이 있었던 것도 사실이다. 하지만 적어도 여홍을 비롯한 같은 세대의 젊은 사형제들만은 그에게 절대적인 지지를 보냈다.

그만큼 교극천은 강했고 또한 사내다웠으니까.

비록 자유분방하고 조금은 제멋대로이긴 하지만, 그가 가슴속에 담고 있는 북해빙궁에 대한 자부심과 긍지는 결코 경박한 것이 아니었으니까.

그라면, 교극천이라면, 교극천의 북해빙궁이라면 정체되고 낡아 빠진 구태의 벽을 깨고 새로운 북해빙궁이 될 것이라 그렇게 믿었다. 그리고 교극천은 그들의 기대를 완벽히 충족시켜 주었다.

한데, 저 모습은 대체 뭐란 말인가?

문도들 사이에서 '혹시 남색에 빠진 게 아닐까' 라는 의심을 받을 정도로 밤낮없이 삼절표랑이란 자에게 들러붙어 있는 것으로도 모자라, 이젠 채신머리없이 한낱 미물들과 혈투를 벌이기까지 한다.

저 모습 어디에 긍지가 있고 자부심이 있단 말인가?

무한히 신뢰하고 의지했던 사내 교극천은 어디에 가고 저런 꼴불견 짓이라니?

이게 다 삼절표랑인지 뭔지 하는 작자 때문이다.

빙기 치료를 빙자해 사술을 쓴 것이 틀림없다. 그게 아니라면 하루아침에 교극천이 저렇게 변할 리가 없다.

'그래. 저자가 본 궁을 망가뜨리려 하는 것이야!'

그때 루하가 고개를 돌렸고 여홍과 눈이 딱 마주쳤다.

여홍은 그 눈을 피하지 않았다.

하지만 그도 잠시, 이내 홱 등을 돌렸다.

'이대로 둘 수 없다!'

이대로 교극천이, 북해빙궁이 망가져 가는 꼴을 더는 두고 볼 수 없다. 그리해 성큼성큼 걸음을 내디뎌 그가 다다른 곳.

북천원(北天院).

북해빙궁의 장로원이다.

신경질적으로 걸음을 내디뎌 그 앞에 도착했건만 막상 북천원이라 적힌 현판을 앞에 두고 망설임이 인다.

지난 천 년 동안 북해빙궁의 모든 의사결정권을 손아귀

에 쥐고 무소불위의 권력을 휘둘러 온 곳. 교극천과 젊은 세대들은 이곳을 가장 먼저 척결해야 할 구태로 지정하고, 그리해 끝내 몰아내는 데 성공했다. 그런 만큼 북천원은 여홍에게도 그다지 기꺼운 곳은 아니었다.

얼굴 맞대는 것조차 불편하고 불쾌하다. 그건 북천원의 노친네들도 마찬가지일 것이기에 문을 넘는 것이 더 망설여진다. 하지만,

'지금 기댈 수 있는 곳은 이곳뿐이다.'

그리해 북천원의 문을 넘었다. 그리고 외쳤다.

"비마관 관주 여홍이 북천원의 고견을 구하러 왔습니다!"

*　　　*　　　*

원탁이었다. 그 원탁의 상석에 세 명의 노인이 앉아 있다.

북해빙궁의 대장로들인 삼태천(三台天)이다.

"그래. 비마관 관주가 우리 뒷방 늙은이들은 무슨 일로 찾아온 게냐?"

백염에 백미를 길게 늘어뜨린, 삼태천 중 수장인 상천(上天) 목양수(木陽手)가 물었다.

그 앞에 선 여홍은 마른침을 삼켰다. 단지 그들을 뒷방 늙은이 신세로 만드는 데 자신이 일조를 한 때문이 아니었

다. 상천 목양수, 중천(中天) 을지무격(乙支武擊), 하천(下天) 철무극(鐵無極). 이들 삼태천이 은연중에 뿜어내는 기도가 그의 심장을 짓눌러 왔기 때문이었다.

비록 지금이야 뒷방 신세로 전락했지만, 삼십 년이라는 긴 시간 동안 무소불위의 권력을 이끌어 온 그 관록만큼은 여전히 굳건한 것이다. 그렇기에 더더욱 의지할 것은 이들뿐이라는 것을 새삼 재확인한다.

여홍이 그 앞에 머리를 조아렸다.

"사술로 궁주님을 홀리는 자가 있습니다."

"중원에서 왔다는 삼절표랑이라는 자를 말하는 것이냐?"

여홍이 흠칫하며 상천 목양수를 올려다본다.

"알고…… 계셨습니까?"

"우리가 아무리 손발이 잘려 이 외진 곳으로 내쳐졌다고 해도 설마하니 밖을 살필 눈과 귀가 하나 없겠느냐?"

목소리는 무심할 만큼 담담했다. 하지만 여홍에겐 손발이 잘려 외진 곳으로 내쳐졌다는 그 말이 추궁처럼도 들렸고 원망처럼도 들렸다.

"한데…… 고작 그것 때문에 예까지 어려운 걸음을 한 게냐?"

"고작이 아닙니다. 궁주님이 이상해졌습니다. 어떤 사술을 부린 것인지는 모르지만 빙기를 치료한다는 구실로 궁주님을 심마에 빠트려 섭혼이라도 한 것이 틀림없습니다. 그렇지 않고서야 궁주님이 그딴 인간한테 그렇게……."

입에 담는 것조차 민망해서 말끝을 흐린다.

"아무튼 너는 이대로 내버려 둘 수는 없는 일입니다. 그 자의 목을 치는 한이 있더라도 더 늦기 전에 그자의 마수로 부터 궁주님을 원래의 모습으로 돌려놓아야 합니다."

"그럼 그렇게 하면 될 것이 아니냐? 네 말대로 그자가 사술로 궁주를 미혹케 하고 있다면 그 근원인 그자를 이곳 에서 내치든가, 아니면 네 말마따나 그자의 목이라도 치면 될 일이 아니냔 말이다."

"하오나 그자…… 강합니다."

"검각주를 이겼다는 말을 듣긴 했다만 그래 봤자 고작 계집아이를 이긴 것뿐이지 않느냐?"

"그것이 전부가 아닙니다. 궁주님의 빙백신장조차 그자 에겐 통하지가 않았습니다."

"궁주의 빙백신장이 통하지 않았다니? 그게 무슨……."

"사실입니다. 궁주님의 십이 성 빙백수라무를 간단히 막 아 내는 것을 제 눈으로 똑똑히 보았습니다. 비마관의 힘만 으로는 그자를 어찌하기엔 역부족입니다."

인정하고 싶지 않지만 사실이었다.

그간 중원의 무공을 만만히 생각해 온 여홍이다. 그래서 중원 제일이라는 이름조차 가소롭게만 생각했다. 교위연이 삼절표랑과의 비무대련에서 패했다는 소식을 들었을 때도 그러려니 했다. 비록 교위연이 검각의 각주이고 젊은 세대에서는 단연 으뜸의 성취를 보이고 있긴 했지만 목양수의 말대로 그래 봤자 아직 열일곱의 어린 계집아이일 뿐이니까.

하지만 방금 전, 교극천이 날린 빙백수라무는 결코 간단한 것이 아니었다. 극성에 이른 빙백신공이었다. 심지어 여흥조차 지금껏 한 번도 본 적이 없을 만큼, 빙기의 침범에 수미동에서 늘 고통과의 싸움을 벌이던 교극천이 언제 저렇게 강해졌나 싶을 정도로 무섭도록 강한 일격이었다. 그런데 별반 준비도 되어 있지 않은 채로 끼어들어 그 간단치 않은 빙백수라무를 너무도 간단히 받아쳐 버렸다.

눈으로 보면서도 믿을 수가 없는 광경이었다.

하지만 엄연한 사실이다.

하찮게만 여겼던 중원 무림이건만, 적어도 그중 제일이라는 삼절표랑만큼은 허명이 아니었던 것이다.

"그래서?"

중천 을지무격이 날카로운 눈매로 여홍을 노려보며 물었다.

"우리더러 어찌해 달라는 것이냐?"

"힘을 빌려 주십시오! 적어도 궁주님으로부터 그자를 떨어뜨려 놓을 힘이 필요합니다!"

여홍이 다시 한 번 머리를 조아리며 하는 말에 이번엔 다부진 체격의 하천 철무극이 콧방귀를 뀐다.

"힘을 빌려 달라니? 북천의 손발을 다 잘라내서 이십 년 동안이나 우리를 이곳에 처박아 둔 건 네놈들이 아니더냐? 그래 놓고 이제 와서 뻔뻔하게 힘을 빌려 달라니? 아니, 애초에 그럴 힘이 우리한테 남아 있기라도 하다더냐!"

토해내는 한 마디 한 마디가 노기로 들끓는다.

뻔뻔하다는 것이야 알고 있다. 하지만 북천에는 아직 그가 의지할 만한 힘이 분명히 남아 있었다.

"백인각!"

여홍의 굵고 짧은 한 마디에 순간 노기를 드러내던 철무극뿐만 아니라 삼태천 모두가 어안이 벙벙한 표정을 한다.

"뭐라? 지금 뭐라 했느냐?"

"백인각을 움직여 주십시오! 백인각이라면 능히 그자를 제압할 수 있을 것입니다!"

"네놈이 진정 제정신이 아닌 게로구나! 백인각을 빙해에 가두고 금제를 쳐 우리의 손발을 잘라 냈던 것을 벌써 잊었단 말이냐!"

검각과 지밀원이 북해궁주의 친위대라면 백인각은 북천

원의 가장 강력한 무기였다. 그러나 그렇다고 검각과 지밀
원을 백인각에 견줄 수는 없다. 무력으로 백인각에 견줄 수
있는 건 무해관뿐이다. 하지만 무해관은 북해빙궁 내에서
도 독립적인 위치를 차지하고 있었고, 그로 인해 많은 폐단
을 낳았기에 북천원과 더불어 교극천이 기치로 내건 구태
척결의 최우선 대상이었다. 그리해 교극천은 무해관을 분
해해 비마관을 비롯해 북제관(北帝館), 용무관(龍舞館), 청
류관(淸流館) 등 북해십삼관으로 뿔뿔이 흩어놓았고 지금
은 흔적조차 남지 않았다.

　그런 만큼 백인각은 현존하는 북해빙궁 최고의 무력 집
단이라 해도 과언이 아니었다. 다만 지금은 빙해에 갇혀 있
다. 북천원의 손발을 자르기 위해 교극천이 자신의 궁주 자
리를 걸고 백인각의 각주와 내기 비무를 펼쳤고, 거기에서
반 수의 차로 이겨 약속대로 백인각을 빙해에 가두고 금제
를 쳐 버린 것이었다.

　"제가 그 금제를 풀겠습니다!"

　"뭐?"

　"그날 그 내기의 공증을 맡은 것이 바로 저희 비무관입
니다. 그런 만큼 제가 그날의 내기를 없던 것으로 할 수 있
습니다."

　"내기를 무효로 돌린다고 해서 어디 기억까지 지워진다

더냐? 백인각주의 머릿속에 그날의 패배가 고스란히 남아
있을진대……."

무인으로서, 또한 사내로서 백인각주는 자존심이 강한
사내다. 분명 있었던 일을 없었던 것으로 할 만큼 뻔뻔할
수 있는 인간이 아니었다.

"삼태천께는 북천령(北天令)이 있지 않습니까?"

북천령. 백인각을 부릴 수 있는 절대영부다.

"금제가 풀린 상태에서 삼태천께서 북천령을 내리면 백
인각은 반드시 움직일 것입니다. 게다가 백인각주는, 백인
각주 유세창(柳勢昌)은 분명 명예를 목숨처럼 중히 여기는
사내지만 자신의 명예보다 북해빙궁을 더 아끼고 사랑하는
자입니다. 외인이 사술로써 본 궁을 농단하고 있다는 사실
을 알면 결코 좌시하지 않을 것입니다!"

설령 일을 마치고 스스로 자결을 하는 한이 있더라도 말
이다.

여홍의 말에 삼태천의 눈빛들이 흔들린다.

그러다 중천 을지무격이 넌지시 묻는다.

"그래서? 우리가 북천령으로 백인각을 움직여 준다면 우
리가 얻는 건 뭐냐?"

순간 여홍의 눈가가 꿈틀했다.

'능구렁이 같은 늙은이!'

명색이 북해빙궁의 대장로라는 자들이 북해빙궁을 위하는 일에 자신들의 잇속부터 챙기려 든다.

하지만 이미 예상했던 일이다.

"뭘 원하십니까?"

"우리를 이곳에서 나가게 해 주시겠는가?"

"그건…… 제가 할 수 있는 일이 아닙니다. 궁주님의 명이 없이는 불가능한 일입니다."

백인각이야 자신이 내기의 공증을 맡았기에 가능한 일이었지만 북천원은 다르다. 자신의 권한이 전혀 미치지 않는 곳이었다.

그러나 상천 목양수의 생각은 달랐다.

"아니지. 비마관은 궁주의 눈과 귀, 손과 발인 북해십삼관의 수장이 아닌가? 자네가 나서면 북해십삼관이 움직일 테고 북해십삼관 모두가 한 목소리를 내면 궁주로서도 무시하지 못할 테지."

사실과는 조금 다르다. 북해십삼관에 수장은 없다. 하지만 여홍에겐 북해십삼관 주인들의 뜻을 하나로 모을 만큼의 재량은 있다. 그들은 그와 더불어 교극천을 보좌하며 새로운 북해빙궁을 만들기 위해 목숨을 걸고 싸운 전우들이니까.

"허나, 그렇다고 해도 궁주님의 승낙을 얻는다 장담할

수 없습니다."

"그렇겠지. 그러니까 자네는 북해십삼관의 뜻만 모아 주면 되네. 그 다음은 우리가 알아서 하지. 어떤가? 하겠는가?"

여홍은 잠시 고민했다.

그러나 고민은 길지 않았다.

'궁주님이 승낙을 하실 리도 없겠지만, 설혹 다시 북천이 나온다고 해도 다시 몰아내면 그뿐이다.'

이미 한 번 성공했던 일이다. 더구나 지금은 그때보다 훨씬 더 강해졌고 단단해졌다. 교극천이 사술에서 벗어나 본래의 모습을 되찾는다면 북천의 늙은이들을 두려워할 이유가 없다.

"알겠습니다. 그 제안, 받아들이겠습니다."

여홍의 대답에 삼태천이 득의한 눈빛을 한다. 그리고 흡족한 듯 크게 고개를 끄덕인다.

"좋군! 좋아! 그럼 이제 북해를 어지럽히는 미꾸라지 한 마리만 사냥하면 되는 건가?"

여홍이 북천령을 받아 물러갔다.

원탁에 앉은 삼태천은 여홍이 나간 문을 한참이나 보고 있었다.

공기가 뜨겁다. 긴장인 듯도 하고 흥분인 듯도 하고 희열과 회한이 교차하기도 한다.

"이십 년…… 길었어."

상천 목양수가 그렇게 눌러 둔 감흥을 뱉어 낸다.

교극천과의 정쟁에서 패해 이곳에 유폐가 되었을 때만 해도 이렇게 길어질 거라고는 생각하지 못했다. 궁주의 직에 오른 교극천의 기습 공격은 숲처럼 고요했고 산처럼 묵직했으며 화산처럼 맹렬했고 바람처럼 빨랐다.

백인각의 발을 묶고 북천의 장로들을 유인해서 각개격파하기까지, 그 모든 것이 불과 하룻밤 사이에 벌어진 일이었다.

방심하고 있었다.

교극천이 북천에 대해 다른 마음을 품고 있다는 것을 충분히 인지하고 있었는데도, 아무렴 사문의 어른들인 장로들에게 직접 칼을 들이대지는 않을 거라 안일하게 생각했다. 그런 방심의 대가로 북해빙궁 절대 권력이었던 북천이 무너졌고, 자신들은 이렇게 유폐되어 뒷방 늙은이 신세로 전락하고 말았다.

하지만 재기할 수 있을 거라 생각했다. 장로들을 규합하고 백인각의 힘을 다시 등에 업으면, 그리고 기사멸조의 명분을 들어 무해관까지 움직이면 단번에 전세를 역전시킬 수 있을 거라 그리 믿었다.

그러나 교극천은 그들이 생각하는 것보다 더 과감하고 더 치밀했다.

그들 삼태천을 제외한 북천의 장로들은 강제 은퇴시켜 북해에서 내쫓았고, 백인각은 내기를 빌미로 선대의 유골을 모신 빙해에 가뒀으며, 무해관은 갈기갈기 찢어 북해십삼관으로 편입시켜 버렸다.

그렇게 재기의 희망은 사라졌다. 그리고 이곳에 유폐당한 채 이십 년이라는 시간이 훌쩍 흘러가 버린 것인데, 생각지도 않게 기회가 생겼다.

중원에서 온 삼절표랑이라는 자라고 했다. 그자만 잡으면 길고 길었던 유폐 생활을 끝내고 드디어 자유를 얻는다.

'이곳만 벗어나면……..'

북해의 율법대로 교극천 그 패덕한 자에게 그간의 굴욕을 열 배로 갚아 줄 것이다.

충분히 그럴 힘이 있다. 북해에서 쫓겨났다곤 해도 분명 어딘가에서 북천의 장로들이 와신상담 훗날을 기약하며 그들을 기다리고 있을 테니까. 백인각은 여전히 북천의 가장 강력한 무기고 천 년을 굳건했던 북천령의 권위가 고작 이십 년의 공백으로 퇴색될 리 없으니까.

'그래. 그자만 잡으면 되는 것이야!'

삼절표랑 정루하.

중원 제일 고수라고 했다.

하지만 전혀 걱정되지 않는다.

상천 목양수는 젊은 날 중원으로 건너가 중원의 내로라 하는 고수들과 직접 실력을 겨뤄 본 적이 있었다. 그때 그가 느낀 중원의 무공이란 것은 북해의 무공에 비하면 실로 저급하고 조잡한 것이었다.

그리해 교극천의 십이 성 빙백신장을 막아 냈다는 여홍의 말에도 별다른 감홍이 없었다. 중원 무림에 대해 뿌리 깊이 박힌 경시의 마음으로 인해 마냥 가소롭기만 했다.

하물며 북해빙궁 최고의 무력인 백인각이 나설 것인데 달리 무슨 걱정을 하겠는가.

*   *   *

"음…… 진짜 자는 건가?"

루하가 의심의 눈초리를 하고는 교극천을 살폈다.

루하의 방에서 운기행공만 해 댄 지 오늘로써 열흘째, 운기행공이 정신을 맑게 해 준다고는 해도 잠과는 별개다. 결국 교극천은 부족한 잠을 이기지 못하고 깜빡 잠이 들고 만 것이다.

교극천의 눈앞에서 손을 휘휘 저으며 그가 잠들었음을

재차 확인한 루하는 슬며시 몸을 일으켜 도둑 걸음으로 몰래 방을 빠져나왔다.

날이 어둡다. 가볍게 들이쉬는 숨 속으로 파고드는 한기가 폐부를 아프도록 시리게 찌른다. 하지만 시도 때도 없이 들러붙는 교극천 때문에 심적으로 어지간히도 답답했던지, 그 죽도록 싫었던 추위마저 시원하게 느껴질 지경이다.

루하는 걸음을 틀었다.

설란에게 가 볼 생각이다. 요 며칠 거의 얼굴을 못 봤다. 교극천이 루하에게 들러붙는 광경을 도저히 두 눈 뜨고 볼 수가 없었는지 설란 쪽에서 아예 발길을 끊어 버렸다.

"서방님을 저 징그러운 인간한테 팽개쳐 두고 말이지, 지만 살자고 코빼기도 안 비쳐? 이게 은근히 의리가 없다니까, 의리가."

이참에 부부간에 마땅히 지켜야 할 도리와 배려에 대해서 심도 깊게 대화를 나눠 볼 생각으로 걸음을 내딛는데, 그런 그의 앞을 막아서는 그림자가 하나 있었다.

여홍이다.

뜬금없지는 않다. 요 며칠 그의 주위를 서성이며 지속적으로 신경을 거슬리게 했으니까.

뭔가 어떤 적기를 살피는 듯한 모습이더니 결국 이렇게 루하의 앞에 나선 것이었다.

루하가 시큰둥하게 물었다.

"무슨 일입니까?"

"급히 보여 드릴 것이 있는데 같이 좀 가 주시겠습니까?"

여홍의 말에 루하가 비릿한 웃음을 흘렸다.

여홍의 표정이며 말투에서 치열한 긴장과 결심, 각오, 그리고 노골적인 전의가 고스란히 느껴진 때문이었다.

'어디 함정이라도 파 놓았나 본데…….'

전날 교극천과 닭수리들의 한판 싸움이 벌어졌을 때 그를 보던 여홍의 눈빛이 아직도 생생하다.

바늘로 찌르면 펑 하고 터질 듯이 부풀어 오른 불만과 한층 더 노골적으로 변한 적의를 보며 뭔가 행동을 취할 거라는 건 이미 그때부터 예상하고 있었다.

'아마도 그게 지금인 것 같은데 말이지.'

그렇게 짐작을 하며 뭐라 입을 열려던 루하가 돌연 움찔하며 어딘가로 고개를 돌리는데, 그 순간 그가 있는 전각의 문이 벌컥 열리며 연화가 뛰어 들어왔다.

연화에게선 좀처럼 볼 수 없는, 어딘지 급박해 보이는 얼굴이다.

굳이 묻지 않아도 이유를 안다. 그녀가 급박하게 이곳으로 달려온 이유와 방금 루하가 움찔하며 고개를 돌린 이유가 같은 것이었으니까.

하지만 홀로 아무것도 모르는 여홍은 그저 혹여라도 자신이 준비해 놓은 것들이 연화로 인해 방해를 받을까 가슴 졸이며 루하를 재촉했다.

"여기서 지체할 일이 아닙니다. 촌각을 다투는 일이니어서 같이 가시지요."

그렇게 말하며 아예 루하의 소매를 잡아채려는 시늉까지 한다.

그런 여홍이 가소롭기도 하고 우습기도 하다.

'앞에 덫이 있다고 아예 동네방네 떠들고 다니지, 왜?'

이걸 순박하다고 해야 할지 바보 같다고 해야 할지 모르겠다. 확실한 것은 이런 술수가 이 여홍이라는 사내에겐 참 어울리지 않는다는 것이다.

어울리지도 않는 짓을 꾸미고 있다. 그건 그만큼 루하에 대한 적개심이 깊다는 뜻이고 또한 그만큼 그 함정을 허술히 준비하지 않았을 거라는 뜻이기도 했다.

호기심이 생겼다.

어쩌면 여홍이 감추고 있는 발톱이야말로 북해빙궁의 진실된 힘일지도 모른다는 생각이 들었다.

'그럼 어디 한번 구경이나 해 볼까?'

결정을 내린 루하가 연화에게 전음을 넣었다.

그렇게 얼마간의 전음이 오가고, 잠시 망설이던 연화가

루하와 잠시 더 눈빛을 주고받더니 이윽고 단단하게 고개를 끄덕여 보이고는 자신이 들어왔던 문으로 모습을 감추었다.

그제야 다시 루하가 여홍을 본다.

"그럼 급히 보여 주실 거라는 걸 한번 보러 가 볼까요? 어서 안내를 해 주시죠. 촌각을 다투는 일이라면서요?"

씨익 입꼬리를 말아 올리며 의미심장한 미소를 지어 보인다.

왠지 그 미소가 꺼림칙한 여홍이다. 어딘지 자신만만하면서도 속내를 훤히 꿰고 있는 듯한 표정에 불길한 느낌이 스멀거리며 피어오른다. 하지만 고개를 저어 그 꺼림칙한 기분을 털어냈다.

저 앞에 기다리는 것은 백인각이다. 북천령을 들고 찾아간 백인각은 이십 년 전이나 지금이나, 아니, 이십 년 전보다도 훨씬 더 강해져 있었다. 두말할 것도 없이 북해빙궁 최강의 무력이다. 이 사내가 제아무리 용빼는 재주가 있다 해도 백인각이 움직인 이상 달라질 것은 아무것도 없다.

"그럼 저를 따라오시죠."

불안함을 털어 낸 여홍이 힘차게 걸음을 내딛는다.

그 뒤를 루하도 주저 없이 따랐다.

그렇게 꽤 먼 길을 걸었다. 대화 한 마디 없이. 흐릿한 긴장감만을 뿌리며 묵묵히 걷고 있는 여홍 때문에 그 길이 따분하고 지루하기만 한 루하다. 결국 참다못해 뭐라 한마디를 하려는데, 때마침 시야에 들어오는 광경에 루하는 입을 쩍 벌리지 않을 수 없었다.

자연의 신비일까, 신이 빚은 기적일까?

수천수백, 산처럼 솟아오른 거대한 얼음 송곳들이 온 시야를 가득 채운다.

그야말로 난생처음 보는, 상상조차 할 수 없는 경이롭고도 가슴 벅찬 장관에 압도당해 있는 그때, 여홍이 걸음을 멈춰 세우며 루하를 본다.

"하나만 묻지."

반말이다.

그 반말이 루하를 현실로 돌아오게 했다.

"궁주님께 부린 사술. 그 사술의 정체가 무엇이냐?"

"사술 같은 건 부린 적 없는데?"

"발뺌하지 마라! 사술이 아니고서야 궁주님이 그런 모습을 보이실 리가 없지 않느냐! 내 알기로 중원의 사마외도 중에는 사람의 마음을 빼앗는 다양한 종류의 섭혼술이 있다고 들었다. 네놈이 궁주님을 미혹케 한 것도 바로 그 사마의 섭혼술이 아니더냐!"

"아, 글쎄 그런 거 아니라니까. 그리고 지금은 그런 거나 따질 때가 아니잖아. 당신이 날 이곳으로 데려온 게 그런

거나 시시콜콜 캐묻기 위해서도 아닐 테고. 음⋯⋯."

잠시 말을 끊고 주위를 쓰윽 둘러보던 루하가 짐짓 불쾌한 표정으로 투덜거린다.

"거, 주인들 인심 한번 고약하네. 성의가 가상해서 손님이 애써 여기까지 찾아와 줬는데 언제까지 그렇게 숨어서 코빼기 한번 안 비출 거야?"

루하의 예상치 못한 말에 여홍의 얼굴이 순간 딱딱하게 굳었다. 그러거나 말거나,

"대략 백 명 정도 되나? 확실히 지금까지 만났던 북해빙궁의 무사들과는 느낌부터가 다르긴 하네. 어이! 이보세요들! 그만들 하고 나오시지? 추운 데 그렇게 쪼그리고 앉아있으면 동상들 걸린다고!"

눈앞에 펼쳐진 빙산의 바다가 다 쩌렁쩌렁 울리도록 소리를 질러 댄다. 그 바람에 여홍의 낯빛은 더욱 경직되었다. 그런 여홍을 지금까지와는 달리 사뭇 진지하고 날카로운 눈빛으로 쏘아보는 루하.

"그만들 나오게 하지? 이미 다 까발려졌는데 더 시간 끌거 없잖아?"

그때였다.

여홍이 뭐라 입을 열기도 전에, 상황 파악을 마친 백인각의 무인들이 스스스 하나둘 모습을 드러내며 루하를 에워싼다.

그리해 보게 된 면면들은 그가 느낀 그대로 확실히 강한 자들이었다. 교극천에 비할 바는 아니지만 중원의 내로라하는 고수들은 간단히 찜 쪄 먹을 만큼 강해 보인다. 자신이 결코 만만한 상대가 아니라는 것을 이젠 충분히 알았을 텐데도 여홍이 그를 여기까지 데려온 데에는 역시 그만한 이유가 있었던 것이다.

'뭐, 몸 풀이 상대로는 나쁘지 않으려나?'

저들이 상대라면 곧 있을 큰 싸움 전에 간단한 몸 풀이용으로 부족하지 않을 것 같다.

그렇게 생각하고 보니 괜스레 설렌다.

그리고 보면 강시가 아닌 사람을 상대로 제대로 싸워 본 게 얼마만인가 싶다.

'잔혹도마 이후로 거의 처음이지?'

하지만 지금 상황은 팔공산에서보다는 삼원표국에서 표사들과 한바탕 신명나게 드잡이질을 했던 때와 더 비슷하다. 그리고…… 사실 그때가 더 재밌기도 했다. 생존을 위한 절박한 싸움이 아니라 그가 겪은 부조리에 대한 분풀이이자 응징이었으니까.

'좋아! 그럼 오늘도 그때처럼 한번 신명나게 때려잡아 볼까? 흐흐.'

第六章

북해풍운(北海風雲)

이 북해의 촌놈들에게 하늘 위에 하늘이 있음을 알려 줄 것이다.

이 무지몽매한 자들에게 우물 밖의 세상이 얼마나 험하고 무서운 곳인지 깨닫게 해 줄 것이다.

그리고 저 시건방진 여홍을 발아래 꿇려 놓고 고인을 몰라본 죄에 대해 뼈저린 후회와 반성의 시간을 갖게 할 것이다.

하지만 루하의 그 야심찬 계획은,

콰앙!

갑작스럽게 들려온 폭발음으로 인해 모두 수포로 돌아가고 말았다.

소란이 이어진다. 야공을 찢는 비명, 살기로 들끓는 함성과 시끄럽게 울리는 병장기 부딪치는 쇳소리……. 루하는 물론이고 적아에 상관없이 이 자리에 있는 모두가 저 멀리 북해빙궁으로 놀란 눈을 던진다.

"대체 무슨……?"

여홍은 의문과 의아함이 뒤섞인 시선을 망연히 던지고 있었다. 여홍뿐만이 아니다. 백인각의 무사들 또한 온통 혼란이다. 그러나 단 한 명, 루하만은 예외다.

모든 것을 꿰고 있다는 듯 찡그린 얼굴에는 여유가 있다.

"도적들이 쳐들어온 거지."

그렇게 툭 던지는 루하의 말에 여홍이 루하를 본다.

"그, 그게 무슨 말이냐? 도적이라니?"

"내가 일전에 말했잖아. 도적들이 표물을 노리고 있다고."

"저게 그럼……."

"그래. 당신들이 도적 따위라 했던 그 도적들이 지금 북해빙궁을 치고 있는 거야."

그랬다. 지금 저 소란은 혼천마교가 만들고 있는 것이었다. 그리고 그들의 기척을 루하는 이미 눈치채고 있었다. 연화가 급히 그를 찾아왔던 것도 사실은 그 때문이었다. 그럼에도 루하가 별말 없이 여기까지 여홍을 따라온 것은, 그들의 기척은 느꼈지만 이미 한 번 실패로 돌아간 도적질을 설마 이렇게 빨리 재시도할 줄은 미처 예상 못 했기 때문이기도 하거니와, 도적 따위라 비아냥거리며 쟁천표국의 무사들마저 싸잡아서 무시하던 불쾌한 기억이 그대로 남아 있어서 어디 한번 당해 봐라 하는 심산도 있기 때문이었다.

물론 표행단의 안전은 이미 대비해 두었다. 아까 연화에게 지시를 한 것도 그것이었다.

'그럴 리야 없겠지만 만일 내가 없는 동안 혼천마교가 공격을 해 오면 가능한 상대하는 걸 피하고 내가 돌아올 때까지 무슨 일이 있더라도 표행단 옆을 지켜.'

연화라면 그 괴물들이 다시 나타난다고 해도 안심이다. 세상 천지에 연화만큼 든든한 방패가 또 없는 것이다. 게다가 연화만큼은 아니라도 기특하고 든든한 닭수리들도 있지 않은가.

하지만 여홍과 백인각의 고수들은 루하처럼 여유로울 수가 없었다.

십 리가 넘는 거리다. 그 먼 거리에서도 느껴지는 기도라니? 이 압도적인 기운은 대체 누구의 것이란 말인가?

평생 한 번도 느껴 본 적이 없다. 삼태천은 물론이고 심지어 환골탈태까지 한 교극천조차 이 정도는 아니었다. 더 경악할 노릇은 그런 기운이 하나가 아니라는 것이다.

'둘? 아니, 셋이다!'

저 도적들 중에 압도적이다 못해 패도적이기까지 한 기운을 가진 고수가 무려 셋이나 있는 것이다.

'다 죽는다!'

이대로라면 북해빙궁은 몰살을 면치 못한다. 지금 이 순간에도 어둠을 찢고 터져 나오는 저 끔찍한 비명성은 북해빙궁 식솔들의 것이 틀림없었다.

여홍이 다급히 신형을 날렸다. 지금 그의 뇌리 속에서 루하는 이미 잊힌 지 오래였다. 여홍만이 아니었다. 여홍이 몸을 날리는 것과 동시에 백인각의 무사들도 더는 루하에게 신경 쓰지 않고 도적들에게 유린당하고 있는 북해빙궁을 향해 일제히 땅을 박찼다.

그렇게 멀어져 가는 그들의 뒷모습을 무심히 쫓던 루하가 혀를 끌끌 찼다.

"그러게 내가 보통 도적들이 아니라고 했잖아. 그냥 순순히 우리한테 표물을 넘겼으면 이런 일도 없었지. 사람 말 무시하다가 줄초상 한번 제대로 치르게 생겼구만."

자신의 손으로 직접 저 우물 안 개구리들의 무지몽매함을 깨우쳐 주지 못한 게 조금 아쉽긴 하지만, 괜한 원한 만들지 않은 것도 그다지 나쁘진 않다. 물론 그렇다고 이 상황이 마냥 즐겁지는 않다.

'결국 셋으로 늘어난 건가?'

재생 괴물이 그사이 둘에서 셋으로 늘어났고, 그리해 혼천마교에서 재차 공격을 해 온 것이었다. 둘로는 실패했지만 셋이라면 가능하다는 확신을 가지고. 연화와 루하의 힘을 처음의 공격으로 이미 확인을 했는데도 과감히 북해빙궁을 쳤다는 것은 또한 그만큼 자신한다는 뜻이기도 했다.

'게다가 새로운 한 놈……'

강하다. 느껴지는 기운이, 아니, 존재감 자체가 다른 두 명의 재생 괴물과는 다르다.

'잡을 수 있으려나?'

루하는 꼭 말아진 자신의 주먹을 내려다보았다.

두 명의 재생 괴물조차 간단치가 않았다. 일대일로도 쉽게 물리칠 수가 없었는데 이젠 그보다 더 강한 적이 하나 더 늘었다.

지금 이 상황에서 의지할 수 있는 건 비로소 되찾은 파운삼십육권뿐이다.

교위연과의 비무 이후, 수련을 소홀히 하지 않았다. 교극천이 거머리처럼 들러붙는 와중에도 파운삼십육권만큼은, 그날의 그 감각만큼은 어떻게든 자신의 것으로 만들려고 했다. 그리해 비록 실전에서 써 본 적은 없지만 요령은 충분히 익혔다.

과연 실전에서 파운삼십육권을 제대로 써먹을 수 있을
까? 제대로 써먹을 수 있다 해도 재생 괴물들을 상대로 과
연 얼마만큼이나 먹힐까?

걱정도 되고 궁금하기도 하고 기대도 된다.

루하의 눈이 전장으로 향한다.

"스읍!"

폐부 깊이 들이마시는 북해의 차가운 공기는 호기로 바
뀌고, 이윽고 루하도 전장으로 신형을 날렸다.

"이게……."

북해빙궁의 건물 앞에 가장 먼저 당도한 여홍은 눈앞에
펼쳐진 광경에 얼굴을 일그러뜨렸다.

이미 입구에서부터 참혹한 모습의 사상자들이 아무렇게
나 널브러져 있다.

살필 겨를이 없다. 그의 눈은 문 너머, 한창 치열하게 펼
쳐지는 싸움판에서 홀로 우뚝 서서 전장을 오시하는 핏빛
적포의 사내를 향하고 있었다.

'저자다!'

멀리서 느꼈던 패도적인 기운의 사내들 중 하나.

재고 자시고 할 틈이 없다. 북해빙궁 무사들의 처참한 모

습에 이미 눈이 돌아간 여홍이 그 즉시 신형을 날렸다. 아니, 날리려 했다. 하지만 그보다 먼저 그의 옆을 스쳐 지나는 자가 있었다.

슈아아앙―

적포 사내를 향해 바람을 부수다시피 하며 돌진하는 사내는 백인각의 각주 유세창이었다.

유세창 또한 적포 사내의 기운을 충분히 감지하고 있었다. 그래서 그를 향해 돌진하며 뻗어내는 검은 곧장 빙백신검의 절초를 담았다.

"빙백폭풍세(氷白暴風勢)!"

얼음과도 같은 새하얗고 거대한 강기가 맹렬하게 적을 덮친다.

당장이라도 그 사내를 산산조각 내 버릴 것 같은 찰나의 순간, 사내의 무심한 눈이 자신을 향해 덮쳐드는 강기의 폭풍을 본다 싶은 순간 가볍게 손을 턴다.

말 그대로 가볍게 손을 턴 것뿐이었다. 그런데 유세창이 뿌린 강기가 어떤 무시무시한 거력과 맞부딪치고,

콰콰콰콰콰콰콰콰!

천지를 부수는 폭발음이 터졌다. 동시에,

"크헉!"

끈 떨어진 연처럼 무기력하게 퉁겨져 날아간 유세창이

피를 토하며 쓰러진다. 잠깐의 꿈틀거림에 이어 무참하게 사지를 축 늘어뜨려 버린다.

"이 무슨 말도 안 되는……."

여홍은 지금 자신의 눈앞에서 벌어진 상황을 도무지 믿을 수가 없었다. 백인각주 유세창이 누군가. 북해빙궁 최강의 무력인 백인각의 주인이었고 교극천에게 패하기 전까지는 북해빙궁 최고의 고수였다. 비록 교극천에게 패해 빙해로 내쫓겨야 했지만, 오히려 그래서 더 절치부심하며 실력을 키웠다.

명실상부 북해빙궁의 이인자인 유세창을, 유세창이 혼신의 힘을 다해 펼친 빙백신검을 그저 손 한 번 휘저어서 저렇게 만들어 버린 것이다.

믿기지 않는다. 눈으로 보고도 도무지 믿을 수가 없다.

그렇게 여홍의 눈이 경악과 불신으로 물들어가는 그때였다. 축 널브러진 유세창에게 잠시 무심한 시선을 던지고 있던 적포 사내가 쓰윽 눈길을 돌려 여홍을 본다. 그리고 잠시 여홍에게 머물렀던 눈은 그 뒤의 백인각 무사들을 훑었다. 아니, 훑는다 싶은 순간 적포 사내의 신형은 이미 단숨에 공간을 격하며 여홍을 덮쳐들고 있었다.

이미 전의를 상실한 상태였다. 그 순간 여홍의 눈에 적포 사내는 사신이나 다름없었다. 그야말로 절로 몸이 부르르 떨릴 정도의 공포에 압도당해 버렸다. 그런데,

"단혼일뢰(斷魂一雷)!"

갑자기 뒤에서 일갈 대성이 들린다 싶은 순간,

꽈릉!

뇌성이 치더니,

콰앙!

폭음이 터진다. 이어서 여홍의 눈앞에서 벌어진 광경은 유세창이 일수에 나가떨어졌을 때보다도 더 큰 충격을 던져 주었다.

"크흡!"

놀랍게도 그 무시무시하던 적포 사내가 신음을 토하며 주르륵 미끄러져 나간 것이었다.

죽음 앞에서 겨우 건져 올려졌다는 사실에 안도가 되는 것도 잠시, 여홍이 놀란 눈을 하고 뒤를 돌아본다. 그런 여홍의 시야에 들어온 것은 당연하게도 루하였다.

루하는 꽤나 흡족한 미소를 떠올리며 자신의 주먹을 내려다보고 있었다.

파운삼십육권.

실전에서도 통한다.

제대로 써먹을 수 있다. 그리고 성능 또한 기대 이상이다.

방금 것은 확신이 없는 상태에서 급한 대로 내지른 것이었다. 당연히 제대로 힘이 실리지도 않았다. 그런데도 와

닿는 감각은 오히려 그가 뿌렸던 것 이상으로 묵직했다. 그 묵직함에 주먹 끝이 짜릿하다 못해 어떤 전율 같은 것이 머리끝에서부터 발끝까지 온몸을 쫘악 훑고 간다.

뭘까? 이 감각…… 익숙하면서도 왠지 낯설다. 분명 그의 몸에서 나온 것인데도 그의 것이 아닌 것만 같은 느낌. 떠밀려 나간 세상 밖에서 뭔가를 잔뜩 묻히고 들어온 것 같은 느낌. 그런데도 전혀 불쾌하거나 불길하지 않다. 오히려 설렌다. 호기가 끓는다. 마치 명검보도를 얻은 무인처럼 말할 수 없이 든든하고 거칠 것 없이 자신감이 차오른다.

그런 루하와는 반대로 그 일격에 큰 타격을 입고 밀려난 적포 사내는 다른 의미로 등줄기를 훑어가는 소름을 느꼈다.

'뭐지? 대체 그건…….'

뭔가 다르다. 뭐가 다른지, 뭐와 다른지도 모르겠는데 막연히 느껴지는 어떤 차이가 가슴을 서늘하게 한다. 그뿐만이 아니다. 그를 더욱 소름 끼치게 하는 것은 보지 못했다는 것이다.

그 강대한 힘이 그를 강타하는 동안 아예 낌새조차 느끼지 못했다. 느닷없이 들이닥친 기운은 그가 인식했을 때는 이미 가슴을 강타하고 있었다. 기껏해야 급히 강기로 가슴을 보호하는 게 그가 할 수 있는 전부였다.

대체 무슨 일이 벌어진 것일까? 대체 저자가 지금 무슨 짓을 한 것일까?

'분명 지난번에는 이런 무공은 없었는데……?'

중첩되는 의문에 혼란은 가중되고, 적포 사내가 신형을 바로 세우며 자세를 잡는다.

'그래. 그게 뭐였는지는 다시 확인해 보면 될 일!'

망설이지 않았다. 곧장 다시 땅을 박차며 루하를 덮쳐 갔다. 그러나 그가 막 공간을 뛰어넘으며 그의 성명절기인 항마번천장(降魔翻天掌)의 절초 여래압산(如來壓山)을 시전하려 하는 순간이었다.

"뇌격붕천(雷擊崩天)!"

루하의 입에서 기합이 터졌다.

하지만 아무것도 없었다. 기합성은 태산을 쪼갤 듯이 우렁찼지만 정작 내지른 주먹에선 한 올의 힘도 느껴지지 않았다. 아니, 느껴지지 않는다 생각한 그 순간 아까와 똑같이, 느닷없이 강대한 힘이 불쑥 튀어나왔다.

충분히 방비하고 있었다. 그러나 그 괴이한 공격은 방비를 할 수 있는 것이 아니었다.

어떻게 할 틈도 없이 아까처럼 강대한 기운이 그의 가슴을 강타했다.

콰앙!

"쿠악!"

겨우 되찾은 혼백마저 튕겨 나가는 듯한 충격에 비명이
터졌다. 처음의 것보다 훨씬 더 강한 힘이다.

'이런 말도 안 되는……'

말도 안 된다.

어찌 이렇게나 기괴할 수가 있단 말인가?

어찌 이렇게나 강할 수가 있단 말인가?

어찌 이런 무공이 존재한단 말인가?

'대체…… 대체 뭐란 말이냐!'

한 번도 본 적 없다.

무공과 무리에 대해서라면 세상 누구보다 많이 안다 자
부하는 그였지만 지금 루하가 보여 주는 그 괴상한 무공은
정말이지 생소했다.

'심권(心拳)인가? 아니면 무형권(無形拳)?'

아니다. 그것들과도 다르다. 그가 아는 그 어떤 무공과도
그 궤를 달리한다.

생소하다는 것, 알지 못한다는 것이 공포를 더한다.

반대로 루하는 신이 났다.

지난번에 만났을 때만 해도 꽤나 애를 먹은 상대였다. 비
록 약간의 우세를 점하긴 했지만 발목이 잡혀 자칫하면 표
물을 빼앗길 뻔했다. 그런데 지금은 어린애 다루듯 쉽다.

비로소 되찾은 파운삼십육권 덕분이다. 파운삼십육권 앞

에서 속수무책으로 쩔쩔매고 있는 상대를 보고 있자니 정말이지 신이 난다.

'이거 진짜 짱이다!'

신이 난 만큼 루하의 공격은 점점 더 거세진다.

"개산일단악!"

"멸천혈폭!"

"뇌성분참!"

"멸겁폭!"

한편, 눈앞에서 퍼부어지는 가공할 만한 공격에 여홍과 백인각의 무사들은 그저 입을 쩍 벌린 채 아무 말도 하지 못했다.

콰콰콰콰콰콰콰쾅!

고막이 찢겨 나갈 정도의 굉음이 정신없이 터진다.

보고 있는 것만으로도 온몸에 소름이 돋을 만큼 가공스럽다.

강하다. 말도 안 되게.

어떻게 저런 공격이 가능하단 말인가?

루하의 무공은 아예 '인간'이라는 범주의 상식조차 깨부수고 있었다.

'저런 자를······.'

잡으려 했다. 겁도 없이. 어리석게도.

그야말로 쇠꼬챙이 하나로 산중지왕인 호랑이를 잡겠다 나서는 정신 나간 사냥꾼이나 다름없었다.

'저런 자에게……'

그동안 그렇게나 건방을 떨어 댔다. 하룻강아지 범 무서운 줄도 모르고. 손가락 하나만 튕겼어도 여홍은 이미 살아 있는 몸이 아니었을 것이다.

생각하자니 등줄기에 식은땀이 흐른다.

그러면서도 새삼 놀랍다.

태산조차 간단히 날려 버릴 힘이다.

'어떻게 되어 처먹은 몸이길래……'

금강석조차 가루로 만들어 버릴 것만 같은 파괴력이건만, 막을 수도 피할 수도 없는 공격에 무방비로 당하면서도 어떻게든 버텨 낸다.

여홍의 눈에 둘의 싸움은 세상에서 가장 파괴적인 주먹과 세상에서 가장 단단한 몸의 대결처럼 보일 지경이었다.

어찌 보면 당연한 일이다. 혼과 백을 되찾아 사람으로 재생되었다고 해도 그 육신은 강시의 몸이다. 금강불괴의 몸에 강기의 막으로 덧씌웠으니 금강석보다도 단단하다고 해도 결코 과언이 아닐 것이다.

하지만 보이는 것과는 달리 적포 사내는 상태가 그리 좋지 않았다. 이미 한계에 다다랐다. 그 단단한 몸조차 루하의 무차별적인 공격에 균열이 일어나고 있었다. 더욱 암담한 노릇은 루하의 주먹이 공격을 거듭하면 거듭할수록 더 강해지고 있다는 것이었다.

감당할 수 없다. 더는 버틸 수 없다.

'이대로라면…… 죽을지도 모른다.'

어떻게 되찾은 생명이던가.

여기서 마감하기에는 그 긴 세월이 너무 허무하다.

도망쳐야 한다.

그리해 도망쳤다.

동료들이 있는 곳으로.

그들과 함께라면 이길 수 있다. 이길 수 있을 것이다. 이길 수…….

'있을까?'

그 와중에도 불안함이 불쑥 고개를 치켜들지만 무시했다. 셋이 힘을 합쳐도 이기지 못한다면 이백 년의 안배가, 그것을 위해 뿌려진 일족의 피가, 그 의미가 너무 위태로워지니까.

지금 그가 생각할 것은 동료들과 합세해 저 터무니없는 존재를 말살해 버리는 것이었다. 그리해 동료들이 있는 곳에 다다랐다.

동료들이 보였다. 처음부터 줄곧 함께해 온 하나와 이번에 새롭게 합류한 하나. 마침 그들도 그의 존재를 느끼고 시선을 던져 온다.

'저 문만 넘으면 된다!'

저 문만 넘으면 이백 년 만에 되찾은 생명을 앞으로도 굳건히 지켜 나갈 수 있을 것이다.

그런데 그렇게 안도와 희망이 교차하는 그때였다.

콰앙!

귀가 아니라 뇌 속을 쩌렁 울리는 굉음에 이어 등허리에 둔중한 충격이 강타한다. 항거할 수 없는 힘에 의해 달리는 그대로 가속도가 붙은 그의 몸은 허공을 가른다.

벼락이라도 맞은 듯한 아찔함에 머릿속은 백지가 되어 버린다. 그 순간 느껴지는 것은 그저 고통과 선명한 죽음이다.

몸이 부서지고 있었다.

콰콰콰쾅!

땅을 찢고 담을 부수며 아무렇게나 구겨진 그의 몸이 저 깊은 곳에서부터 산산이 부서져 내리고 있었다.

"끄아아아악!"

비명은 늦었다.

이백 년이나 미뤄 뒀던 죽음처럼.

하지만 그의 의식은, 겨우 되찾은 생명은 이미 그보다 일찍 끊어진 상태였다.

"그러게 한창 흥이 오르고 있는데 도망은 왜 쳐? 사람 짜증 나게."

뒤이어 들려온 루하의 말도 그는 들을 수가 없었다. 그러나 그곳에 그를 대신해 루하의 말을 들어 줄 사람은 많았다.

죽음의 직전에 그가 그토록 의지했던 동료들, 그리고 그 동료들을 깨워 준 일족의 충성스러운 수족들. 뿐만 아니라 그들을 상대하고 있던 연화와 교극천, 그리고 북해빙궁의 무사들까지 모두가 루하와 루하에 의해 처참히 구겨진 주검을 번갈아 보고 있었다.

그 눈에 더러는 경악을 담았고 더러는 반가움을, 또 더러는 의아함을 담았다.

루하는 주저하지 않고 그 속으로 뛰어들었다.

이미 대강의 상황은 다 파악했다.

혼천마교의 고수들과 한데 뒤엉켜 있는 북해빙궁의 무사들, 백의의 재생 괴물과 마주해 있는 교극천은 피투성이가 되어 연신 가쁜 숨을 토해내고 있고 흑의장삼의 중년인을 상대하고 있는 연화는 지친 기색이 완연하다. 설란과 표사들, 그리고 닭수리들은 보이지 않는 것으로 보아 연화가 미리 안전한 곳으로 대피시켜 둔 것이 분명했다.

그거면 되었다. 그의 일행들이 안전한 곳으로 대피했다면 주저할 일도 망설일 일도 없는 것이다.

그리해 루하가 몸을 날린 곳은 연화가 상대하고 있는 흑의장삼의 중년인이었다.

어떻게 봐도 다급한 건 교극천 쪽이다. 당장이라도 매의 발톱처럼 날을 세운 응조수에 심장이 뜯긴다 해도 하등 이상할 것이 없는 상태였다. 오히려 지금까지 버틴 게 기적 같은 일이었다. 하지만 그래 봤자 남이다. 루하와는 며칠 같이 밤을 보낸 게 전부인, 당장 이 자리에서 죽는다고 해도 하등 상관없는 사람이다. 반대로 흑의장삼을 상대로 아직 여유는 있어 보이지만, 일 할의 위험일지라도 그냥 방치해 둘 수 없는 것이 연화였다.

"광룡노화(狂龍怒火)!"

루하가 흑의장삼을 향해 주먹을 날렸다. 그리고 그 권강은 어김없이 공간을 뛰어넘어 흑의장삼의 가슴을 때렸다.

콰앙!

"크윽!"

이미 적포 사내의 죽음을 보았던 흑의장삼이다. 그래서 루하에 대해서 충분히 경각심을 곤두세우고 있었다. 그런데도 막지 못했다.

가슴에서 느껴지는 둔중한 충격과 오장육부가 뒤틀리는 고통의 와중에도 머릿속은 의문으로 채워진다.

하지만 루하는 그에게 더 생각할 시간을 주지 않았다. 그를 향해 이미 두 번째 주먹을 날리고 있었던 것이다.

바로 그때였다.

슈아아악—

루하의 옆구리로 서늘한 살기가 파고드는 것이 아닌가?

'이런!'

생각지 못한 살기에 놀라 급히 몸을 비틀었다.

서걱—

옷깃을 스치고 아슬아슬하게 비켜가는 살수. 루하는 안도할 틈도 없이 살수의 주인을 찾았다. 그런 루하의 시야에 날카로운 움직임으로 그의 간격을 파고들고 있는 백의 사내와 그 뒤로 주르륵 밀려나서 쿨럭 피를 토하며 주저앉는 교극천이 보였다. 동료의 위기에 급히 교극천을 밀어내고 협공을 가해 온 것이었다.

루하의 대처는 빨랐다. 몸을 비틀어 살수를 피한 그 자세 그대로 주먹을 날렸다.

"회선풍(回旋風)!"

쾅!

"큭!"

급하게 날린 주먹이라 힘이 제대로 실리지 않았지만 파운삼십육권이라는 것만으로도 백의 사내를 밀어내기에는 충분한 힘이 있었다.

그러나 위기는 그것으로 끝이 아니었다.

파파파파파팟!

이번에는 등 뒤에서 흑의장삼이 공격해 들어왔고, 피함과 동시에 반격을 가하자 그 다음엔 백의 사내가 달려들었다. 두 재생 괴물의 완벽한 협공이었다. 그리고 루하는 그 속에서 정말이지 정신없을 정도로 어지럽게 주먹을 날리고 있었다.

그런데도 일방적이다.

오히려 협공을 하는 재생 괴물들 쪽이 수세에 몰려서 허우적거린다. 그만큼 루하가 아무렇게나 휘둘러 대고 있는 강공 일변도의 공격은, 어지럽게 퍼부어지는 파운삼십육권의 권풍은 모든 것을 압도해 버리고 있었다. 오죽하면 다시 몸을 추스른 교극천은 물론이고 연화조차도 감히 그 권역 안으로 뛰어들 생각을 못 하고 있겠는가.

그러한 상황에서 가장 경악하고 있는 것은 재생 괴물들과 함께 북해빙궁의 담을 넘어온 혼천마교의 태사로였다.

붉은 복면 사이로 보이는 두 눈은 믿지 못할 현실에 대한 불신으로 가득 차 있다.

'어찌 저리도 강할 수가 있단 말인가?'

비록 처음의 공격은 실패로 돌아갔지만 덕분에 상대의 전력은 확실히 파악했다. 그리해 하나의 천인을 더해서 데려왔다.

세 명의 천인이면 충분할 거라 믿었다. 더구나 새롭게 합류한 천인은 다른 두 천인에 비해서 월등하게 강했다. 그리해 기대 이상의 전력으로 자신만만하게 북해빙궁을 쳤던 것인데, 이게 대체 어찌 된 일이란 말인가? 천인 하나도 상대하기 버거워했다던 삼절표랑이 그 천인을 죽인 것으로도 모자라 두 천인의 합공에도 어찌 저토록 당당할 수 있단 말인가?

'그사이 저자에게 대체 무슨 일이 있었기에……'

불신은 의문이 되고 의문은 아득한 절망이 된다. 그리고 그 절망은 현실을 일깨운다.

'안 된다! 이대로라면 다 죽는다!'

자신이 죽는 것이야 상관없다. 수하들이 죽는 것도 괜찮다. 그러나 천인들만은 반드시 지켜야 한다. 저대로 두었다가는 두 천인마저 잃게 될 것이다.

그랬다.

그 하나하나가 세상을 뒤엎을 절대적인 무력을 지닌 천인들이, 사람이되 사람이 아닌, 사람의 영역을 초월한 존재들이 참담하게도 일개 약관의 청년 하나를 당해 내지 못하고 죽음의 위기로 내몰리고 있는 것이었다.

"퇴, 퇴각하라!"

다음을 기약할 수밖에 없다. 그러나 그 순간 그의 뇌리를 스쳐 가는 것은 '다음이란 게 있을까?' 하는 답답하고 막막한 의문부호였다. 하지만 루하는 지금 그에게 다음을 걱정할 틈조차 주지 않았다. 그의 신호에 맞춰 두 천인이 주저 없이 몸을 빼내려는 순간, 루하가 둘을 향해 양 주먹으로 각기 파운삼십육권을 내지른 것이었다.

콰콰콰쾅!

"크아악!"

폭음이 일고 비명이 터졌다. 그러나 그것은 두 천인의 것이 아니었다. 혼천마교도들의 것이었다. 루하가 주먹을 날린 순간 수백 명의 혼천마교도들이 두 천인 앞에 인해의 장벽을 친 것이었다. 그들에게 있어 퇴각이라는 명은 천인들의 퇴로를 확보하는 것, 오직 그 하나의 의미였던 것이다.

그 바람에 수백 명이 일거에 시체조차 남기지 못하고 가루가 되었다. 그러고도 권풍은 여력이 남아 두 천인을 쳤지만 그것이 두 천인의 도주를 막을 수 있을 정도는 아니었다.

'놓치지 않는다!'

루하는 잠시도 주저하지 않고 다시 주먹을 날렸다. 하지만 이번엔 아예 육탄으로 달려들어 루하가 주먹을 채 내뻗기도 전에 권로(拳路)를 막는다.

쾅!

"크악!"

권로가 막혔다고 해도, 그리해 주먹에 실린 힘이 이 할도 되지 않았다고 해도 거기에 닿는 모든 것들을 소멸시키기엔 충분한 힘이 있었다.

어처구니없는 것은 그런 끔찍한 장면이 연이어 연출되고 있는 중에도 혼천마교도는 곧장 제삼의 저지선을 구축하며 루하에게 달려들고 있다는 것이다.

"뭐 이런 것들이 다 있어?"

앞으로 저런 재생 괴물이 얼마나 더 늘어날지 모르기에 이참에 후환거리를 하나라도 더 제거해 버리려고 작정을 한 루하였다. 그래서 일부러 더 독하게 마음을 먹고 손속에 사정을 두지 않았던 것인데, 그럼에도 죽음을 도외시한 채 육탄으로 달려드는 혼천마교도들의 모습에 기가 질린다.

찰나의 망설임.

이미 수백 명을 죽였다. 제 손에는 피 한 방울 묻히지 않았고, 앞을 막아서는 혼천마교도들은 피 한 방울 남김없이 깡그리 소멸시켜 버렸지만 그럼에도 역한 피비린내가 올라와 욕지기가 난다.

그도 그럴 것이, 사람을 한 번에 이렇게 많이 죽인 것은 루하로서도 일찍이 경험해 보지 못한 것이었다. 타고난 살성이 아니고서야 정신이 말짱할 리가 없는 것이다.

그러나 루하의 기분이야 어떻든 그 순간에도 인해의 장벽을 치며 그를 향해 덮쳐드는 혼천마교도들이다. 그야말로 불을 향해 뛰어드는 부나방이나 다름없다.

하지만 망설임은 잠깐이다.

"그래! 그렇게도 죽고 싶다면 소원대로 해 주지!"

어차피 적이다. 죽이지 않으면 죽는다. 작은 인정의 대가가 훗날 내 사람들의 목숨일 수도 있다. 하물며 저토록 광기에 찬 집단이라면 오죽하겠는가.

그리해 욕지기가 올라오다 못해 환멸마저 느껴지지만 루하는 더욱 독하게 마음을 먹고 이를 악물었다. 그리고 마치 아귀지옥 속의 아귀처럼 들러붙으려는 혼천마교도들을 향해 주먹을 내질렀다.

"천멸우(天滅雨)!"

천멸우는 파운삼십육권 중에서도 가장 강한 파괴력을 지닌 초식이었다.

콰콰콰콰콰콰콰콰!

세상을 다 쓸어버리고도 남을 강력한 권풍이 혼천마교도들을 덮치고,

"으악!"

"크헉!"

"크아악!"

처절하게 터져 나오는 비명들.

살점은 갈기갈기 찢기고 뼈는 바스러진다. 그러나 그마저도 풍압에 짓이겨져 살점도 뼈도, 비명 소리마저도 묻혀

서 마치 원래부터 거기에 없었던 것처럼 모두가 그렇게 사라져 버렸다. 그리고 찾아오는 죽음보다도 음습한 고요. 눈에 보이는 것은 태풍이 휩쓸고 간 듯한 폐허의 공간뿐이다.

다양한 시선들이 루하를 향한다.

교극천은 놀람과 감탄으로 한층 더 뜨겁고 진한 흠모의 눈빛을 던져 왔고 여홍과 백인각의 무사들은 어찌할 수 없는 공포와 마주해 몸을 부르르 떨었으며 한바탕 치열한 생사대전을 벌였던 북해빙궁의 다른 무사들은 그저 살았다는 안도와 환호를 보내왔다.

그러거나 말거나 루하는 한층 더 강하게 욕지기가 올라오는데도 숨 한 번 고르지 않고 곧바로 신형을 날렸다. 재생 괴물을 쫓으려는 것이다. 하지만 그 사이 이미 두 재생 괴물은 종적을 감춘 상태였다. 누구보다도 밝은 눈과 귀를 가진 그인데도 그 어떤 기척도, 흔적도 찾을 수가 없었다.

"젠장!"

손을 그 많은 죽음으로 더럽혔는데도 아무 소득 없이 그들을 놓쳐 버린 것이다. 아니, 손이 그 많은 죽음으로 더럽혀졌기에 놓쳤다. 결국 혼천마교도들은 목숨으로 그들을 지켜 낸 것이다.

*　　　*　　　*

"믿을 수 없군. 믿을 수가 없어. 어찌 그런 자가 존재할 수 있단 말인가?"

흑의장삼의 중년인이 지난밤에 있었던 일을 떠올리며 여전히 불신 가득한 얼굴로 넋두리를 하듯 그렇게 중얼거린다.

이미 꽤 많은 시간이 지났는데도 아직도 그때의 떨림이, 공포가 진정이 되지 않는다.

이지를 상실한 채 강시로 지내다 대법을 통해 처음으로 세상을 인지했을 때, 자신의 신체가 이백 년 전과는 많이 달라졌다는 것을 느꼈다.

주체할 수 없을 만큼 넘치는 힘, 격정적으로 꿈틀대는 내공, 금강석보다도 단단해진 몸…… 스스로가 놀라울 만큼, 아니 두려울 만큼 강해져 있었던 것이다.

이백 년 전에도 세상 무서울 것이 없을 만큼 강했던 그다. 일족의 명운을 건 안배에서 살아남아 정말이지 그때보다도 수십 배는 더 강해졌다. 그것은 그야말로 멸천의 힘이었다. 그런 그가 힘 한 번 제대로 써 보지 못하고 도망쳐야 했다. 그런데도 자존심이 상하지도, 오기가 치밀지도 않았다. 그런 걸 느끼기엔 루하와 그의 간극이 너무나 컸다.

"대체 그 무공은 무엇이었던 건지……."

절망적일 만큼 놀랍고 막막하다.

다른 걸 다 떠나서 루하가 보여 준 괴상한 권법에 도무지 속수무책이었다. 더욱 답답한 노릇은 아무리 고민을 해 봐도 도무지 해법을 찾을 수가 없다는 것이었다.

"이대로는 안 됩니다."

백의의 사내가 그렇게 말했다.

같은 일족이자 한 스승 아래 동문수학한 사제이며 지금은 동족의 염원을 같이 짊어진 동지. 이름은 무연(武衍)이다.

"우리는 어차피 섭리에서 벗어난 존재들입니다. 세상은 절대로 우리를 받아들여 주지 않을 것입니다."

귀신이니 괴물이니 하며 경멸하고 배척할 것이다.

결국 그들에게 있어 세상은 개척해야 할 척박한 땅이다. 그것을 위한 유일한 수단은 절대적인 무력이다.

지극한 공포.

척박한 땅에서 새 터전을 일구고 지켜 나가기 위한 가장 확실한 방법은 그것밖에 없다. 그런데, 예상치 못한 변수가 발생했다. 그들이 자신했던 절대적 무력을 무참히 박살 내버린 존재가 나타났다. 이대로라면 새 터전을 일구기는커녕 생존마저 위협당한다.

"천주의 기억을 깨워야 합니다!"

무연의 말에 흑의장삼이 눈을 빛내며 묻는다.

"천주라면 그자를 감당할 수 있단 말이냐?"

"감당할 수 있습니다! 그러면 충분히 그자를 상대할 수 있을 것입니다. 제가 본 그는…… 이미 우리와는 다른 존재였습니다. 무엇보다 스스로 되살아난 자가 아닙니까?"

무연의 말에 옆에서 듣고만 있던 태사로가 조심스럽게 끼어들었다.

"그러니 더 난감한 노릇이 아니겠습니까? 천주께서 스스로 되살아난 만큼 정화의 대법이 이젠 소용이 없습니다. 한데, 그분의 기억을 무슨 수로 깨운단 말입니까? 하물며 천인들과도 다른 존재가 되어 있다면 두 분의 힘조차 그분에게는 미치지 못한다는 것인데…… 기억을 깨우려 자칫 무리한 자극을 주었다가는 돌이킬 수 없는 사태가……."

"그래도 해야지!"

흑의장삼이 태사로의 말을 끊으며 단호히 말했다.

"그자를 상대할 수 있는 것이 천주뿐이라면 무리를 해서라도 천주의 기억을 깨워야지! 천주의 기억이 돌아오기를 언제까지고 손 놓고 기다리고만 있을 수 있는 상황이 아니게 되었지 않느냐!"

설혹 그 과정에서 돌이킬 수 없는 사태가 벌어진다 하더라도 달리 선택의 여지가 없다. 그 어떤 사태가 벌어진다 해도 그날 그가 루하에게서 느꼈던 절망보다는 나을 테니까 말이다.

第七章

부탁한다! 중원의 여름아!

　루하는 잠결에 자신의 이불 속에서 꿈틀대는 기분 나쁜 기척을 느끼고 짜증스레 눈을 떴다.

　'이 인간이 또 언제 들어온 거야?'

　굳이 보지 않아도 누군지 알고 있다.

　교극천이다.

　혼천마교가 북해빙궁을 침범한 그날부터였다. 그날부터 아예 단단히 쳐 두었던 이성의 빗장마저 풀어 버렸는지 더 자주, 더 뻔질나게 루하의 침소를 찾는 것은 물론이고 운기행공조차 때려치우고 이렇게 루하의 침상을 막무가내로 범해 버린다.

일찍이 예천향을 통해 충분히 경험했던 일이지만 전혀 적응이 안 된다. 아니, 적응이 될 수가 없다. 같은 사내도 설레게 하던 그 마성의 미소년과 이 산도적같이 생긴 생물체는 근본적으로 종자가 다른 것이다.

그때 교극천의 묵직한 다리 한쪽이 털썩 루하의 배를 덮쳤다.

"젠장!"

루하가 신경질적으로 그 고깃덩이를 치웠다. 그러자 이번엔 교극천의 손이 슬며시 그의 은밀한 곳을 파고들어 온다. 순간 소름이 끼쳐서 화들짝 그 손을 뿌리치고는 벌떡 몸을 일으켰다. 그리고 본능적으로 경계의 날을 세운다.

'이 인간이 이젠 하다 하다…… 진짜 정체성마저 이상해진 거 아냐?'

다행히 그건 아닌 모양이었다.

그르렁그르렁—

언제나 그렇듯 교극천은 이미 그의 품에서 세상 가장 태평한 모습으로 깊은 단잠에 빠져 있었다. 그 태평한 얼굴을 보고 있자니 면상에다가 주먹이라도 한 방 박아 주고 싶은 충동을 느낀다.

'아주 팔자 한번 늘어졌구만. 누군 저 때문에 잠이 부족해서 완전 돌아가시겠구만.'

아닌 게 아니라, 오늘도 새벽까지 들러붙는 걸 겨우겨우 떼어 내고 새벽 늦게야 잠을 청했던 루하다. 물론 그마저도 지금 이 사태를 맞고 있지만 말이다.

"망할!"

씹어뱉듯 그렇게 화를 토한 루하가 침소를 나왔다.

날이 밝다. 두 시진도 채 못 잔 것 같은데 이미 아침이다.

"대협, 기침하셨네요? 밤새 춥지는 않았나요?"

"대협, 오늘 날이 찹니다. 북풍이 강해지는 날이니 옷깃 단단히 여미셔야 할 겁니다."

그보다 먼저 하루를 맞은 부지런한 사람들이 그렇게 반갑게 인사를 건네 왔다.

확실히 그 전과는 많이 달라졌다. 외인에 대한 노골적인 경계와 적의, 교극천의 이상 행동으로 인한 불쾌한 의심의 시선들이 그날 이후로 싹 사라졌다. 그것이 북해빙궁을 도적들로부터 구해준 것에 대한 고마움인지 아니면 그저 강한 자에 대한 예우인지는 모르겠지만, 어쨌든 그를 향해 보내오는 그 같은 호의가 썩 나쁘지 않은 루하다. 특히 그러한 변화 중에서 루하를 가장 기분 좋게 하는 것은,

"대협! 오늘은 어쩐 일로 이렇게 일찍 나오셨습니까?"

그가 막 빈청의 문을 넘는 순간, 기다리고나 있었다는 듯

이 부리나케 달려와서는 넙죽 인사를 하는 여홍이다. 단순하다 할지 순박하다 할지, 그날 이후로 마치 다른 사람이라도 된 것인 양 루하에 대한 태도를 달리한다. 심지어 루하를 향해 보내오는 시선은 호의를 넘어 흠모와 존경으로 반짝거릴 지경이었다.

루하가 그런 여홍을 보며 물었다.

"어제 북천원에 가셨다 들었습니다만?"

"아, 예. 삼태천께서 부르셔서……."

여홍이 루하를 보며 민망한 웃음을 지어 보였다.

루하를 잡기 위해 백인각을 두고 거래를 했으니 곤란해하는 것도 당연했다. 그 속사정을 이미 들어 알고 있는 루하가 재차 물었다.

"그래서요? 북천의 금제를 풀어 달랍니까?"

"예. 백인각을 움직여 주는 조건이었고 그것을 이행했으니 약속을 지키라 하더군요."

"그래서요?"

"원래의 계획과는 일이 다르게 풀리긴 했지만 약속은 약속이니까요. 그렇잖아도 오늘 저녁에 십삼관 관주들이 그 일로 회합을 가지기로 했습니다. 물론 그렇다고 해서 북천의 금제를 풀 수 있을지는 장담할 수 없지만요. 십삼관 관주들의 뜻이 하나로 모일지도 불확실한 데다 모인다고 하더라도 결정은 어디까지나 궁주님이 하시는 것이니까요."

쓸데없이 고집불통인 이 인간의 성격상 시늉만 하지는 않을 것이다.

그간 북해빙궁에 머물면서 알게 된 것 중 하나가 북해빙궁에서 이 여홍이라는 사내의 입김이 생각 이상으로 강하다는 것이었다.

'여 관주님의 가문은 북해빙궁에서 명문 중의 명문이에요. 그분 가문에서만 무려 여덟 분의 궁주를 배출했을 정도니까요. 더구나 여 관주님의 선친은 십삼관의 관주들과는 아주 가깝게 지냈구요. 그분들 모두에게 마음의 스승이나 다름없는 분이셨죠. 그래서 여 관주님이 하고자 마음을 먹는다면 십삼관의 뜻을 하나로 모으는 것은 그다지 어려운 일이 아니에요.'

교위연의 말이었다. 삼태천이 여홍에게 그런 제의를 한 데는 그만한 이유가 있었던 것이다.

북천의 금제가 풀리고 삼태천이 다시 세상으로 나온다면 과연 북해빙궁은 어떻게 될까?

'모르긴 몰라도 꽤나 속 시끄러운 일들이 벌어지겠지.'

삼태천에 대해 자세히 알지는 못하지만 그간 들었던 것

만으로도 분란의 씨앗이 되리라는 것은 충분히 짐작할 수 있었다.

하지만 무슨 상관이랴. 북해빙궁의 내분 따위 그가 상관할 바가 전혀 아닌 것을.

그때였다.

그렇게 여홍과 이런저런 이야기를 나누며 걷고 있던 루하가 움찔하며 걸음을 멈췄다. 갑작스럽게 뒤통수에서 느껴진 따가운 시선 때문이었다.

돌아보니 은소소다.

"......"

은소소를 확인한 루하의 미간이 급격하게 찌푸려진다.

그날 이후 북해빙궁의 모든 시선이 호의로 바뀌었지만 교극천의 증상이 더욱 심해진 만큼 딱 한 명, 은소소의 적의만큼은 오히려 그전보다 더 커지고 더 강해졌다. 그래서인지 특별히 잘못한 게 없는데도 그녀만 보면 괜히 주눅이 든다. 유부남과 불륜을 저지른 불륜녀의 심정이 이러할까 싶다.

"저와 잠시 이야기 좀 나누실까요?"

성큼성큼 다가온 은소소가 그렇게 말을 건네 왔다.

"무슨 일이신지……?"

"이제 북해에서의 일은 끝나지 않았나요?"

"뭐, 그렇죠. 표물도 다시 돌려받기로 했고."

"그럼 이만 북해에서 나가 주시겠어요?"

눈빛은 차갑고 말투는 단호하다.

노골적인 축객령.

하긴 외간남자에게 남편을 빼앗긴 그 심정이야 오죽했을까. 그간 무던히도 참았지만 결국 참다 참다 못 참게 된 모양이다.

기분은 나쁘지 않았다. 어차피 그도 슬슬 떠날 때가 되었다 생각하고 있던 참이었다. 은소소의 눈총이 불편하기도 한 데다 이젠 정말이지 북해의 추위라면 진절머리가 났다.

그리해 루하가 대답을 하려는데,

"나도 간다!"

난데없는 생각지도 못했던 목소리가 불쑥 끼어드는 것이 아닌가?

루하가 급히 목소리가 들린 곳을 돌아보았다.

'……'

언제 깨서 쫓아온 것일까?

목소리의 주인은 다름 아닌 교극천이었다. 교극천이 어딘지 사나운 얼굴로 그들에게 달려와서는 처음보다 더 강한 목소리로 선포하듯이 말했다.

"나도! 나도 중원으로 갈 것이다!"

순간 루하와 은소소가 황당한 눈으로 교극천을 본다.

중원으로 가겠다니?

"당신 지금 뭐라하셨어요?"

자신의 귀를 의심하며 은소소가 묻는다.

"중원으로 가겠다 했어."

"진심으로 하는 말이세요?"

"당연하지!"

"본 궁은 어쩌구요? 중원에는 가서 뭘 하실 건가요? 대체……."

"나 하나 자리를 비운다고 본 궁이 어찌 되진 않아."

"그만 좀 해욧! 당신은 북해빙궁의 주인이에요! 언제까지 귀소본능 따위에 휘둘리실 거예요!"

이어지는 것은 흔하지만 또한 흔치 않은 부부 싸움이다.

루하에 대한 교극천의 도를 넘은 애착을 이참에 끊어 버리려는지 조금도 물러서지 않는 은소소와 루하를 따라가겠다는 뜻을 요지부동 꺾지 않는 교극천의 팽팽한 기 싸움이 치열하게 벌어지고 있었다.

그 바람에 중간에서 괜히 멋쩍어진 루하다. 몸을 빼자니 부부 불화의 원인이 자신에게 있고, 그렇다고 그대로 부부 싸움을 지켜보고 있자니 가시방식이 따로 없다. 그렇게 어찌할 바를 몰라 곤혹스러워하는 중에도 내심으로는 은소소를 응원하게 된다. 그로서도 교극천이 중원까지 따라오는 건 질색인 것이다.

그런데…… 그런 루하의 바람과는 상관없이 상황이 엉뚱한 방향으로 흘러가기 시작했다.

"당신이 무슨 말을 해도 소용없어! 무슨 일이 있어도 난 반드시 중원으로 갈 거니까!"

"그럼 나도 같이 가요! 중원!"

한창 불꽃을 튀기던 부부 싸움의 끝에 은소소가 돌연 그렇게 외친 것이다.

"뭐?"

"예?"

교극천과 루하가 동시에 놀란 눈을 하며 은소소를 보자 그냥 홧김에 저도 모르게 질러 버린 말인지 잠시 당황한 표정을 하는 은소소다. 하지만 그도 잠시, 이왕 내친김이라는 생각인지 오히려 고개를 당당히 들고 목소리를 높인다.

"나도 중원에 가겠어요. 당신이 가겠다는데 내가 못 갈 이유가 없잖아요. 어차피 중원은 제가 나고 자란 곳인데. 이참에 친정에도 좀 다녀오죠, 뭐."

순간 루하의 얼굴이 보기 흉하게 일그러졌다.

교극천을 제발 좀 말려 주기를 간절히 바라고 있었는데 한술 더 떠서 자기도 같이 가겠다니? 이게 무슨 자다가 봉창이란 말인가? 거기다 이번엔 난데없이 여홍이 그를 더욱 어이없게 만든다.

"저기…… 그럼 저도 같이……."

'이건 또 무슨 꼽사리야?'

도저히 가만히 있을 수가 없다.

"이보세요들! 지금 무슨 말씀들을 하시는 겁니까? 당신 들이 중원엘 왜 따라와요? 와서 뭘 하게? 북해빙궁은 또 누가 지키고? 이상한 소리들 말고 그냥 지금껏 그래 왔듯 이 북해에서 잘 먹고 잘사세요. 괜히 남의 터전에 와서 물 흐릴 생각 말고. 난 절대로 당신들을 중원으로 데려가지 않 을 테니까. 그럴 생각 따윈 추호도 없다고!"

이론의 여지가 없다. 더 왈가왈부할 일이 아니다. 루하는 더는 할 말 없다는 듯, 아니, 그 어떤 말도 듣지 않겠다는 듯 몸을 확 돌려서는 그 자리를 떠나 버렸다.

그런데…….

'왜 짐들은 싸고 있는 거냐고!'

이튿날 아침, 왠지 밖이 부산스러워 나와 보니 북해빙궁 의 가솔들이 짐을 실어 나르기에 여념이 없다. 기가 막힐 노릇은 그들이 어깨며 등에 짊어진 짐을 실어 나르는 곳에 는 족히 사오십 대는 되어 보이는 짐수레들이 길게 꼬리를 물고 있다는 것이다.

무언가 일이 이상하게 돌아가는 것 같은 불길함이 엄습하는 그때, 마침 그의 눈에 교위연이 들어왔다.

"대체 이 난리들은 다 뭡니까? 내가 그렇게도 안 된다 했는데, 궁주 내외분께서 끝내 중원행을 고집하신 겁니까? 아니, 아무리 궁주 내외분이 중원으로 가기로 했다고 해도 그렇지, 이 많은 짐들은 다 뭡니까?"

교극천과 은소소의 짐이라고 하기에는 터무니없이 많다. 쟁천표국의 표행단 규모보다 오히려 더 크다. 모르는 사람이 보면 아예 이사라도 하는 줄 알겠다.

"이 짐들은 두 분의 짐이 아니에요."

"그분들 짐이 아니라면요?"

"북해십삼관의 것이에요."

"예?"

난데없이 여기서 북해십삼관이 왜 나온단 말인가?

"설마……."

"예, 맞아요. 북해십삼관도 이번 중원행에 같이 동참하기로 했어요."

"아니, 그들이 왜요?"

"명분은 궁주님의 보필이죠. 북해십삼관의 가장 중요한 사명이 바로 그것이니까요. 하지만 진짜 이유는……."

"……?"

"여 관주님이 가시겠다고 하니 자기들도 따라가겠다는 거죠."

"그게 무슨……?"

"십삼관의 관주들은 형제처럼 우애가 깊지만 그 못지않게 서로 간에 경쟁심도 강해요. 대협의 신위를 다들 직접 목도한 마당에 여 관주님만 대협을 따라가게 그냥 둘 수가 없었던 거죠. 이번 여정을 통해 여 관주님 혼자 뭔가를 얻게 되기라도 하면 배가 많이 아플 테니까. 게다가 대협 덕분에 그동안 얕잡아 보기만 했던 중원 무림의 무공에 대한 인식도 많이 달라졌고. 다들 중원의 무공에 대해 많이 궁금해들 하고 있어요."

"그걸 궁주가 허락했습니까?"

"허락하셨으니 이렇게들 짐을 꾸리고 있는 거 아니겠어요? 과거에는 그렇지 않았지만 지금의 북해빙궁은 각각의 하부 조직들에게 최대한의 자율성과 독립성을 보장하고 있어요. 그걸 이루기 위해 궁주님과 십삼관의 관주들이 그 많은 피를 흘리며 구태와 싸웠다고 해도 과언이 아니죠. 북해 십삼관이 한마음으로 그렇게 결정했다면 그걸로 끝인 거예요. 그리고…… 참고로 하나 더 말씀드리자면 저희 검각도 이번 여정을 같이하기로 했어요."

이젠 놀랍지도 않다. 그저 궁금하다.

"검각은 또 무슨 이유로요?"

"검각의 주요 임무 중 하나가 어머니를 지키는 것이니까요."

그나마 납득이 되는 이유이긴 하다.

"그래서요? 또 누구 더 없습니까? 아니, 갈 사람보다 남을 사람을 꼽는 게 더 빠르겠네. 그렇게 다 떠나고 나면 여긴 누가 남습니까? 누가 남아서 여길 지킵니까? 지킬 사람이 있긴 합니까?"

"그 문제 때문에 여 관주님께서 지금 북천원에 가 계세요."

"예?"

"아무리 빈집이라도 관리해 줄 사람은 있어야 하니까요."

*   *   *

"그러니까 너희가 중원에서 돌아올 때까지 우리더러 빈집이나 지키라 이 말이냐?"

중천 을지무격이 여홍을 사납게 노려본다.

"네놈이 감히 우리를 집이나 지키는 강아지 취급을 하는 것이냐!"

하천 철무극이 노기를 터트린다.

그러거나 말거나 여홍은 당당했다.

"저는 어디까지나 약속을 지키려는 것뿐입니다. 북천령을 내주시는 대가로 북천의 문을 여는 것이 그 조건 아니었습니까? 해서 북천의 문을 열어 드리겠다는 것입니다. 다만, 궁주님의 뜻은 북천의 문을 열긴 하되 세 분이 북천에서만 계신 시간이 워낙에 오래라 아직 궁 밖이 낯설고 어려울 것이니 우리가 중원에서 돌아올 때까지는 궁 밖 출입을 금한다는 것뿐입니다."

"말이야 번지르르하다만 결국 우리를 집 지키는 개로 쓰겠다는 것이잖느냐!"

"궁주님의 깊은 배려를 그런 식으로 받아들이신다면 저로서도 달리 드릴 말씀이 없습니다. 저로서는 어떻게든 세 분 장로님들과의 약속을 지키고 싶어서 발에 땀나도록 뛰어다니며 겨우겨우 얻어 낸 성과인데…… 장로님들께서 정 내키지 않으신다면 어쩔 수 없죠. 다 없던 일로 하겠습니다."

"뭐?"

"북천령을 받는 조건으로 북해십삼관의 뜻을 하나로 모아 드리는 것이 세 분과 저의 약속이 아니었습니까? 그리고 저는 약속대로 분명 북해십삼관의 뜻을 모아 드렸습니다. 그것으로 제가 할 도리는 다했으니 저는 이만 여기에서 빠지겠다는 겁니다. 결과물이 마음에 안 드신다면 이후의 일은 알아서들 하십시오."

"알아서들 하라니? 이곳에 묶인 몸으로 우리가 뭘 어떻게 알아서 할 수 있단 말이냐!"

"그 역시 제가 관여할 바는 아니겠죠."

그러고는 냉정히 자리를 털고 일어서는 여홍이다. 그러다 문득 생각났다는 듯 한마디 덧붙였다.

"아! 참고로 하나 말씀드립니다만, 이번 중원행에 백인각도 같이 가기로 했습니다."

"뭐?"

"아직 북천령이 건재하다는 것을 알았는데 세 분 곁에 백인각을 두고 갈 수는 없는 노릇이 아니겠습니까? 그렇다고 오해는 마십시오. 이건 궁주님과는 상관없이 어디까지나 북해십삼관이 중지를 모은 것이니까. 말씀드렸지만 궁주님은 세 분을 정말 많이 배려하고 걱정하고 계시니까요."

그 말을 끝으로 여홍은 북천원을 나왔다.

등 뒤에서 곧바로 분기탱천한 살기가 터져 나왔지만 신경 쓰지 않았다. 어차피 삼태천으로서는 선택의 여지가 없는 일이다. 지금은 저렇게 격렬히 노기를 터트리고 있지만 결국은 그의 제안을 받아들일 터였다.

아무렴 닭장 안의 닭 신세보다야 집 지키는 개가 백배 천배 나을 테니까 말이다.

홀가분했다.

그들과 한 약속을 어떻게 지키나 마음이 무거웠는데 약속은 약속대로 지키고 그들의 목에 목줄도 걸고, 그리고 저 능구렁이 같은 얄미운 노인네들 약도 좀 올려 주고…… 이보다 더 만족스러울 수가 없을 만큼 만사가 술술 풀렸다.

'역시 교 각주의 재지는 북해 제일이라니까.'

물론 여홍의 머리에서 나온 생각이 아니었다. 고심하고 있던 그에게 교위연이 알려 준 방책이었다. 그리고 언제나 그렇듯 교위연의 방책은 기가 막히게 들어맞았다.

"그럼…… 이제 느긋하게 중원 유람만 하면 되는 건가? 흐흐흐흐."

마음이 즐거우니 중원행마저 괜히 더 설레고 기대가 되는 여홍이다.

*　　　*　　　*

"대체 이게 다 무슨 일인지……."

루하는 눈앞에 펼쳐진 광경에 그저 한숨만 푹푹 내쉬었다.

표행을 떠나올 때는 오십밖에 되지 않았던 인원이 왜 표행을 마치고 돌아가는 길에는 일천 명이 넘는 대인원이 되어 버렸는지 도무지 알 수가 없다.

'그래. 이게 다 저 인간 때문이지.'

루하의 눈이 교극천을 향했다.

교극천은 이런 순간에도 루하의 옆에 찰싹 붙어서는 끈적끈적한 눈빛을 던져 오고 있었다. 하지만 그런 교극천의 눈빛보다 루하를 더 질리게 하는 것은 은소소였다. 아주 살기마저 반득인다. 눈빛만 보자면 정말이지 오뉴월에도 서리를 내리게 할 수 있을 것만 같다.

'그러게 내가 이렇게 될 거라고 경고를 했잖아. 그땐 들어 처먹지도 않더니……'

들어 처먹지 않은 정도가 아니라 루하의 뒤꽁무니를 쫓아다니는 교극천의 모습을 상상하며 깔깔 웃기까지 했다.

'근데 왜 이제 와서 나만 죽일 놈이 되어야 하냔 말이야!'

심히 억울하고 분통 터지는 일이다. 그렇게 루하가 자신의 팔자 사나움을 한탄하고 있을 때, 설란이 걱정스러운 어조로 물었다.

"정말 이대로 괜찮겠어?"

"뭐가?"

"저들 말이야. 거의 북해빙궁이 통째로 중원 땅을 넘는 건데…… 모르긴 몰라도 상당히 시끄러워질걸?"

시끄러워지는 정도가 아니다. 세상이 다 발칵 뒤집어질 것이다. 북해빙궁의 무사 하나만 나타나도 시끌벅적해지는 것이 중원 무림인데 하물며 북해빙궁 일천 무사가 아예 통째로 중원 땅을 밟는 것이니 그 파장이야 오죽하겠는가.

"아, 몰라! 될 대로 되라지! 어차피 자기네 발로 자기네들이 중원으로 가겠다는데 내가 뭘 어쩌겠어? 내가 가라 마라 할 입장도 아니고, 그럴 권리도 없고. 근데 뭐 오래 있기야 하겠어? 여름이 되면 죄다 복날 강아지마냥 축 늘어질 텐데. 그때 되면 추위에 최적화된 저 겨울형 인간들은 중원 땅을 못 벗어나서 안달일걸? 그래! 그러네! 여름까지만 참으면 되는 거였어!"

생각하니 한 줄기 서광이 비춘다. 치정으로 얽힌 이 지저분하고 진절머리 나는 현실을 타파해 줄 한 줄기 희망!

그래, 부탁한다! 중원의 여름아! 제발 저 거머리 같은 인간들 좀 쫓아내다오!

*   *   *

상아가 잠에서 깬 것은 진시(辰時: 오전 일곱 시~아홉 시)

가 훌쩍 넘어서였다. 착한 바보 아저씨와 노느라 새벽 늦게야 잠자리에 든 때문이었다.

요즘 늘 그랬다. 착한 바보 아저씨와 놀다 보면 시간 가는 줄 몰랐다. 온통 신기하고 재밌는 일투성이었다.

상아만 아는 비밀이지만, 착한 바보 아저씨는 그냥 착한 바보 아저씨가 아니었다. 자기 이름도 모르고 집이 어딘지도 모르는 바보지만 사실은 놀라운 재주를 가지고 있었다. 바닷물에 손을 담그면 물고기들이 튀어 올라 스스로 생선 망태기로 들어갔고 모닥불을 피우면 불꽃이 하늘을 찌를 듯이 높이 치솟았다. 한 번은 그녀의 신발이 파도에 쓸려 떠내려간 적이 있었는데 성큼성큼 물 위를 걸어서는 간단히 주워 온 적도 있었다.

'아마 아저씨는 무림인인 것 같아.'

'무림인?'

'응. 무림의 고수들은 하늘을 날고 물 위를 걷는다고 했거든. 아저씨는 분명 무림의 고수였을 거야. 그래서 말인데, 아저씨가 무림인인 건 나랑 아저씨 둘만 아는 비밀로 해야 해. 아저씨가 무림인인 걸 알면 마을 사람들이 무서워하고, 그렇게 되면 아저씨는 외로워질 테니까. 난 아저씨가 외로워지는 건 싫어. 그러니까 이

런 건 나랑 단둘이 있을 때만 해야 해. 알았지?'

그래서였다.

되도록 마을 사람들의 눈을 피해 놀다 보니 마을 사람들이 다 잠들 무렵부터 시작해서 새벽에야 둘만의 은밀한 놀이가 끝이 나는 것이었다. 그래서 오늘도 이렇게 늦게 눈을 뜨게 된 것인데, 어쩐 일인지 할아버지와 착한 바보 아저씨가 보이지 않는다.

의아해하는 중에 불현듯 떠오르는 생각.

'아! 오늘이 용왕제였지?'

용왕제는 한 해의 무사안녕과 만선을 기원하기 위해 용왕님께 드리는 마을의 제사다. 용왕제가 있는 날이면 마을 사람들은 아침 일찍부터 해변가에 모여 용왕제에 필요한 여러 가지를 같이 준비한다.

아마 할아버지와 착한 바보 아저씨도 거기에 간 모양이었다.

"아이참. 나도 좀 깨워 주지. 자기들끼리만……."

입술을 삐죽 내밀며 원망스레 투덜거린 상아가 서둘러 세수를 하고 옷을 챙겨 입었다. 그리고 곧장 해변가로 향했다.

아니나 다를까, 해변가는 저마다 용왕제 준비로 한창이었다. 아낙네들은 제사상에 올릴 음식들을 준비하고 있었고 남정네들은 마을의 배와 어망을 수선하고 있었다. 제사 전에 몸과 마음을 정갈히 하는 것처럼 용왕제 전에 배와 어망을 그렇게 손보는 것이다.

거기에 할아버지와 착한 바보 아저씨가 있었다. 누구 집 것 할 것 없이 해변가를 가득 채우다시피 하며 길게 널려 놓은 어망들 위에 쪼그려 앉아 찢기고 해진 곳을 찾아 칡껍질로 부지런히 손을 놀리며 수선을 한다.

그런데 다가가 보니 능숙한 손놀림의 할아버지와는 달리 착한 바보 아저씨의 손은 어망과 칡껍질 사이에서 갈피를 잡지 못한 채 끙끙 대고 있었다.

"착한 바보 아저씨도 잘 못하는 게 있네요?"

상아가 생글생글 웃는다.

기억이 없는 것 말고는 뭐든지 다 잘하는 착한 바보 아저씨였다. 맨손으로 고기만 잘 잡는 게 아니라 글도 읽을 줄 알고 계산도 잘했다. 그런 그가 고작 어망 하나에 끙끙대고 있는 것을 보니 신기하기도 하고 재밌기도 했다.

하지만 착한 바보 아저씨는 가느다란 칡껍질이 손 안에 서 마음대로 잘 안 되자 짜증이 나는지 어망과 칡껍질을 신경질적으로 내팽개친다.

"이딴 게 왜 필요한지 모르겠군. 물고기를 잡는 것쯤이야 이딴 거 없어도 얼마든지 할 수 있잖아."

그가 마음만 먹으면 이런 조잡한 어망 따위 없어도, 아니, 어망을 사용하는 것보다 몇 배는 더 많은 물고기를 잡을 수 있었다.

그의 투덜거림에 상아가 곧바로 눈빛을 엄하게 한다.

"마을 사람들한테 아저씨 능력을 들키면 안 된다고 했죠?"

눈빛을 엄하게 해 봤자 그냥 어린 계집아이일 뿐이다. 무섭기는커녕 앙증맞을 정도로 귀엽기만 하다. 그런데도 움찔 놀라며 자라목이 되어 상아의 눈치를 살피는 착한 바보 아저씨다. 그런 그가 측은했는지 상아는 이내 엄한 눈을 풀며 타이르듯 말한다.

"아저씨 나랑 약속했잖아요. 내가 하라는 것만 하고 하지 말라는 건 안 하기로. 그러니까 무림의 고수 말고 그냥 상아의 착한 바보 아저씨 해요. 왠지…… 아저씨가 착한 바보 아저씨가 아니게 되면 아저씨랑 같이 못 살게 될 것 같단 말이에요."

달래려고 하는 말인데 왠지 모르게 슬퍼져서 상아의 눈망울이 그렁그렁해진다. 그러자 이번엔 그가 상아를 달랬다.

"알았다. 나는 네가 하라는 것만 하고 하지 말라는 건 안 한다. 영원히 착한 바보 아저씨로 있을 테니까 울지 말거라."

그의 크고 두꺼운 손이 상아의 머리를 쓰다듬자 상아도 언제 그랬냐는 듯 밝게 웃어 보인다. 그때였다. 가앙촌의 촌장 이공(李公)이 그들에게로 다가왔다.

"강씨 형님, 그냥 집에서 쉬실 것이지 이 추운데 왜 나오셨소?"

상아가 이공에게 넙죽 인사를 올렸다.

"안녕하세요. 촌장님."

"아, 상아도 있었구나."

상아를 보며 반갑게 웃어 보인다. 하지만 정작 그의 눈은 상아도, 상아의 할아버지도 아닌 착한 바보 아저씨에게 머물러 있었다.

이공이 그들을 찾아온 것은 그에게 볼일이 있어서였던 것이다.

사실 그는 이곳 가앙촌에서 이미 꽤나 유명인사가 되어 있었다. 아무것도 기억하지 못하는 이방인이라는 것만으로도 마을 사람들의 시선을 끌기에 충분한 데다 늘 아픈 손가락인 가엾은 상아와 같이 지낸다고 하니 이래저래 마음이 쓰일 수밖에 없는 것이다.

물론 처음에는 경계였다.

혹시 나쁜 사람은 아닌지, 나쁜 마음을 먹고 상아에게 접근한 거나 아닌지, 상아에게 나쁜 짓을 하지나 않을

지……. 하지만 친혈육보다도 가깝게 지내는 둘을 보며 그 같은 경계는 차츰 흐려지며 의심도 옅어졌고, 이방인에 대한 낯설음도 지워졌다. 그리해 지금은 그의 존재를 자연스럽게 받아들이게 된 가앙촌이었다. 이공이 이렇듯 그를 찾아온 것은 그래서였다.

"자네 말이네, 혹시 배 한번 타 볼 생각 없는가?"

순간 상아가 반색을 했다.

"혹시 우리 아저씰 촌장님 뱃길에 데려가시려고요?"

"임씨가 이번에 고뿔이 아주 제대로 걸려서 말이다. 어망을 걷어 줄 사람이 필요한데 영 마땅치가 않네. 아무래도 힘 좀 쓰는 사람이어야 해서……."

확실히 착한 바보 아저씨는 체격이 당당하고 다부진 것이 누가 보더라도 힘 좀 쓰게 생기긴 했다.

"어때? 나와 같이 뱃길 한번 나가 볼 텐가?"

이번에도 대답을 한 것은 상아다.

"좋아요! 우리 아저씨, 뱃길에 데려가 주세요. 분명 도움이 많이 될 거예요. 우리 아저씬 뭐든 다 잘하거든요!"

상아가 이렇게 반색을 하는 이유는 가앙촌에서 촌장의 배를 탄다는 것은 그 의미가 남다르기 때문이었다. 이제 그의 존재가 가앙촌에서 어색하지 않게 되었다곤 하지만 그래도 여전히 외지인이었다. 경계와 의심은 지웠지만 거리감마저 지워진 것은 아니었다. 그것이 늘 안타깝기만 하던 상아였다. 그런 상황에서 촌장 이공이 그에게 같이 배를 탈 것을 권했다는 것은, 그가 촌장의 배를 탄다는 것은 비로소 가양촌의 주민으로 인정받게 되었다는 뜻이었다.

그러니 저렇듯 제 일처럼 좋아하는 것이다.

상아의 말에 이공이 확인차 그를 본다.

"자네 생각은 어떤가? 참고로 말하지만 뱃일이라는 게 그렇게 보기처럼 쉬운 일이 아니네. 뱃일이 처음이라면 멀미부터 지옥이지. 그래도 하겠다면 내일 뱃길에 자네 자리 하나 비워 두겠네."

"해요! 할 거예요! 그쵸? 그쵸, 아저씨?"

혹시라도 다른 말을 할까 애를 태우는 상아다. 잠시 그런 상아를 내려다보던 그가 이내 고개를 끄덕인다.

"가지. 네가 하라면 나는 하기로 했으니까. 뱃길 아니라 손발을 묶고 바다에 뛰어들라 해도 네가 하라면 나는 한다."

"너무 걱정 마시게나. 뱃멀미가 지옥이긴 해도 그렇다고 손발을 묶고 바다에 뛰어드는 정도는 아니니까."

착한 바보 아저씨의 다소 과격한 말에 이공이 멋쩍게 웃어 보이며 손사래를 치자 상아가 고개를 저었다.

"우리 아저씨는 뱃멀미 같은 거 안 해요. 일도 엄청엄청

잘할 거예요. 우리 아저씨는 뭐든지 엄청엄청 잘하는 아저씨니까. 어망 손질만 빼고."

그리해 용왕제가 있은 이튿날, 처음으로 뱃일을 나가게 된 착한 바보 아저씨에게 상아는 아침부터 단단히 주의를 줬다.

"절대로 절대로 아저씨 능력을 보이면 안 돼요. 다른 아저씨들만큼만 힘을 쓰고 다른 아저씨들만큼만 일을 해야 해요. 내가 옆에 없다고 아무데나 막 힘을 쓰면 이제 겨우 마을 사람들한테 인정받았는데 그게 다 꽝이 돼 버린단 말이에요. 아이참! 나도 아저씨랑 같이 가야 하는데……."

영 마음이 놓이지 않는다. 다른 사람이 들으면 한바탕 대소를 터트릴 일이지만 정말이지 물가에 아이 내놓은 것 같은 심정이다.

이공에게 청을 안 해 본 것은 아니다. 그러나 어린 계집아이를 데려갈 만큼 고깃배의 뱃길이 그렇게 녹녹한 것이 아니었다. 오히려 철없이 군다며 혼만 나야 했다.

상아는 그래도 마음이 안 놓이는지 그의 손에 무언가를 쥐여 주었다.

아기의 형상을 한 목각 인형이다.

상아가 아기였을 때 그녀를 본 따 직접 만든 부친의 유품이었다.

"이걸 나라고 생각해. 내가 곁에 있다 생각하고 꼭 꼭 보통 사람처럼 행동해야 해요. 알았죠?"

그렇게 신신당부를 하고서야 그의 손을 놓았다.

착한 바보 아저씨가 배에 올랐다. 배는 곧 바다로 떠났고 상아는 곧바로 거북바위로 올라가 그 배가 시야에서 완전히 사라질 때까지 손을 흔들었다.

상아가 거북바위를 내려온 것은 해가 중천을 넘어서였다. 마음 같아서는 배가 돌아올 때까지 거기에서 망부석처럼 기다리고 싶었지만, 어차피 오늘 내로 돌아올 배가 아니었다. 빨라도 사흘이고 길면 닷새는 나가 있는 배였다. 게다가 지금쯤이면 할아버지가 밥을 차려 놓고 그녀를 기다리고 있을 시간이었다.

'또 나 올 때까진 밥 한 숟가락 뜨지 않고 계실 테니까……'

당장 배는 고프지 않지만 할아버지 때문에라도 더는 여기서 뭉기적거리고 있을 수가 없는 것이다.

그리해 거북바위를 내려왔다.

차마 떨어지지 않는 걸음을 떼어 내지만 눈길은 하염없이 저 바다 너머로 떠나고 없는 착한 바보 아저씨를 쫓는다.

하지만 그렇게 집 앞에 도착해서는 혹시라도 할아버지가 서운해 할까 언제 그랬냐는 듯 밝은 목소리로 냈다.

"할아버지, 나 왔어요! 배고파 죽겠어요. 밥 주세요!"

그런데, 어쩐 일인지 집안이 조용했다. 평소 같으면 당장 달려 나와서 그녀를 맞을 할아버지가 어쩐 일인지 아무 기척이 없다.

의아해하며 문을 열었다.

느껴지는 어떤 비릿한 냄새에 움찔하며 주춤 걸음을 멈추던 그녀의 시야에 장승처럼 앞을 막아서는 그림자 하나가 들어왔다. 그리고 그 그림자의 뒤로 할아버지가 보였다.

죽은 것처럼 방바닥에 축 늘어져서 꼼짝도 하지 않는 할아버지가.

"하, 할아버지……."

하지만 달려갈 수 없다. 꼼짝도 할 수 없다. 자신을 내려다보는 그림자의 눈빛이, 그 음습하고 차가운 눈빛이 그녀를 옴짝달싹 못 하게 옭아맨다.

그렇게 아무것도 할 수 없는 그녀의 귀로 낮게 가라앉은 그림자의 목소리가 들렸다.

"너로구나. 천주의 기억을 묶고 있는 것이."

그림자가 그렇게 말하며 성큼 다가왔다.

그제야 그림자의 얼굴이 보였다.

노인이다. 머리도 희고 수염도 희다. 얼굴에도 주름이 할아버지만큼이나 깊고 많다. 하지만 그런 얼굴과는 어울리지 않게 체격은 건장하고 눈빛은 형형하다. 너무 무서워서 정신이 혼미해지고 다리에 힘이 풀렸다. 그러나 상아는 주저앉지 않았다. 울지도 않았다. 오히려 주먹을 꽉 쥐고 고개를 들어 노인의 그 차가우면서도 형형한 눈을 똑바로 마주했다.

"하, 할아버진 누구세요? 우리 할아버지…… 죽었어요? 할아버지가 우리 할아버지 죽였어요?"

상아의 반응이 의외였던지 노인의 눈에 이채가 떠올랐다. 하지만 그도 잠시, 노인은 담담히 고개를 끄덕인다.

"그래. 네 할아버진 죽었다. 내가 죽였지."

상아의 눈이 다시금 노인의 뒤에 널브러져 있는 할아버지를 본다. 그렁그렁 눈물이 맺히고, 그 눈물 맺힌 눈은 이내 원망을 덧씌우며 노인을 향한다.

"왜요? 우리 할아버지를 왜 죽였는데요?"

"곁에 두지 말아야 할 사람을 곁에 두었으니까."

"곁에 두지 말아야 할 사람이 누군데요? 혹시…… 착한 바보 아저씨예요?"

"그래. 그분이지."

"……그럼 그 아저씨도 죽일 건가요?"

"그분은 내가 감히 죽일 수 있는 분이 아니다."

불안한 눈으로 노인을 보던 상아가 노인의 말에 안도의 한숨을 폭 내쉰다. 그 모습이 마뜩지가 않은지 노인이 미간을 찌푸렸다.

"이해를 못 한 모양이구나. 곁에 두지 말아야 할 사람을 곁에 둔 것은 네 할아버지만이 아니지 않느냐?"

"알아요. 할아버지가 나도 죽일 거라는 거."

노인의 찌푸린 미간이 더 찌푸려졌다.

자신을 죽일 거라는 사실을 아는 아이치고는 태도가 너무 태연하다.

"뱃사람은 절대로 바다를 이기지 못한대요. 그리고 무서운 할아버지는 나한테 바다 같은 사람이구요. 폭풍처럼 파도처럼…… 피할 수도 없고 도망칠 수도 없잖아요. 그러니까…… 어차피 난 죽잖아요."

나이에 어울리지 않는 상아의 처연한 말에 노인이 움찔한다.

애초에 그의 목적은 상아의 할아버지가 아니라 상아였다. 그녀를 죽이고자 왔다. 손에 어린 소녀의 피를 묻혀야 하는 일이지만 일말의 연민도 죄책감도 느끼지 않았다. 대업을 위해서라면 그보다 더한 일도 얼마든지 할 수 있으니까. 그런데 지금 이 순간, 이 어린 계집아이의 도무지 나이에 어울리지 않는 처연한 눈망울을 보고 있자니 메말라서 딱딱하게 굳어 버린 마음이란 놈이 동요한다.

'이래서였나?'

이래서, 이런 아이라서 천주의 기억을 묶을 수 있었던 것일까?

그러나 동요는 잠깐이다.

그저 개운치 않다는 정도지 그 잠깐의 동요가 결심을 바꿀 정도는 아니다. 오히려 더욱 마음은 독해졌다. 그리해 주저 없이 상아의 목을 향해 손을 뻗었다.

그런데 그때였다.

어떤 강렬한 기운이 난데없이 밀어닥친다 싶은 순간,

콰앙!

상아를 향해 뻗어 가던 그의 손을 강타한다.

"크윽!"

급히 막는다고 막았는데도 그 여력을 감당 못 하고 주르륵 미끄러져 나간다. 그렇게 미끄러져 나간 끝에 등이 벽에 닿아서야 겨우 신형을 바로잡은 그가 경악한 눈으로 그를 밀어낸 힘의 주인을 본다.

"천주……."

상아도 당장 울음이라도 터트릴 듯한 얼굴을 하고는 자신의 앞을 막아선 사내를 본다.

"아저씨……."

그랬다. 그 자리에 선 것은 조금 전 촌장의 배를 타고 바닷길을 떠났던 착한 바보 아저씨였다.

착한 바보 아저씨가 상아를 돌아보며 말했다.

"약속을 어겼다. 보통 사람처럼 행동하라 했는데 그러지 못했다."

보통 사람처럼 행동하긴커녕, 촌장이고 선원이고 할 것 없이 모두가 다 보는 앞에서 물 위를 달렸다. 그것도 수십리 길을. 수십 리 길이나 멀어진 바다 한중간에서 반갑지 않은 기운을 느껴 버렸기 때문이었다. 그리고 그 반갑지 않은 기운이 상아를 향하고 있다는 것도 알아 버렸다. 그리해 지금 이렇게 수십 리 바다를 건너뛰어 상아를 구한 것이다.

"아저씨…… 할아버지가…… 할아버지가…… 우아앙!"

죽음을 앞에 두고도 크게 동요하지 않던 상아가 그를 보자 무너지듯 그의 품에 뛰어들어 울음을 터트린다.

품속으로 깊이 묻어 오는 작은 몸의 떨림이 가슴을 묵직하게 짓누른다.

그의 눈이 그제야 강씨 노인을 향했다.

어려운 살림에 충분히 짐스러울 수 있는 상황인데도 싫은 내색 하나 없이, 그저 기억 잃은 그를 가엾다 하며 늘 등을 토닥이던 강씨 노인이다. 시도 때도 없이 그만 보면 '밥은 드셨소?'라고 묻곤 했고, 상아의 부친이 뱃길을 떠났다가 해적의 칼에 죽은 날, 그 날 아침밥을 못 챙겨 준 것이 한이었는지 상아와 놀다가 새벽이 되어서야 돌아와도 꼭 아랫목에 따뜻한 밥 한 공기는 챙겨 내밀던 그였다.

그런 강씨 노인이 싸늘한 주검이 되어 있다.

다시금 무언가가 가슴을 묵직하게 짓눌러 온다.

이윽고 그 눈은 강씨 노인을 싸늘한 주검으로 만든 자에게로 넘어갔다. 그렇게 그의 눈길이 닿는 순간이었다.

"혼천마교의 태사로 이찬(李纘)이 천주를 뵙습니다!"

주저 없이 그 앞에 오체투지하며 머리를 땅에 박는다.

"무엇 때문이냐? 무슨 이유로 이런 짓을 벌인 것이냐?"

"천주! 모든 건 천주의 기억을 되찾기 위해서입니다! 재생을 완성하고도 아직 기억을 찾지 못하고 있는 것은 분명 저 아이 때문입니다. 해서……."

"해서 저 아이를 죽이면 내 기억이 돌아올 것이라 생각했단 말이냐?"

"천주! 기억을 되찾으셔야 합니다! 이백 년의 대업이 눈앞에 있는데 이런 곳에서 낭비하고 있을 시간이 없습니다! 자칫하다가는 이백 년의 안배가, 그 모든 기다림이 수포로 돌아가 버릴지도 모릅니다!"

"누가!"

순간 사내의 눈빛이 사나워졌다. 그리고 이어서 뱉어 내는 말은 태사로 이찬은 물론이고 상아마저도 혼란에 빠트렸다.

"누가 기억을 못 한다 했느냐!"

"……그게, 그게 무슨…… 허면, 설마…….."

"이백 년 전의 일, 다 기억하고 있다!"

"허면 이미 기억을 되찾은 것입니까? 한데 어찌 저희를 찾지 않으신 것입니까? 설마 저 아이 때문입니까? 고작 저런 계집아이 하나 때문에 이백 년의 대업을, 일족의 염원을 외면하고 계셨던 것입니까?"

이찬의 눈이 상아를 향한다.

그 눈은 참으로 복잡한 감정들로 뒤엉켜 들었다.

그제야 깨달았다.

저 아이는 지금껏 천주의 기억을 묶고 있던 것이 아니었다. 기억이 아니라 그의 마음을 묶고 있던 것이었다.

"돌아가라. 돌아가 내 일족들에게 전하라. 나는 그들과 더 이상 일족으로 묶이기를 원하지 않는다고."

"천주……."

"말했지 않느냐. 나는 더 이상 그들과 일족으로 묶이지 않을 것이다. 즉, 더 이상 나는 그대들의 천주가 아니라는 말이다!"

"……."

이찬에겐 그야말로 청천벽력이었다.

"그게 무슨…… 안 됩니다! 자그마치 이백 년을 기다려 온 대업입니다! 멸족을 막기 위해 천인들이 흘린 피는 또 얼마입니까? 모든 걸 기억하고 계시다면서 어찌 그런 무책임한 말씀을 하실 수가 있단 말입니까!"

무책임하다는 거 안다.

스스로도 이런 말을 내뱉은 자신이 이해가 안 된다.

어쩌면 새로운 생명이 가치마저 새롭게 바꾸어 버린 것일지도 모른다. 그래도 모든 것이 모호하고 불확실한 중에도 단 하나, 확실한 것은 있다.

그 새롭게 정립된 가치가 지금 그의 품에 안긴 이 작은 생명체라는 것.

아마도 새로운 생명을 얻은 대신 기억을 잃고 떠돌다 이곳 뢰주의 해변가에서 상아를 처음 만났을 때부터였던 것 같다. 그녀가 그에게 처음으로 손을 내밀었던 그때, 그의 손을 잡고 그의 이름을 착한 바보 아저씨라 지어 준 그때, 마치 알에서 나온 새끼 오리가 처음 본 생명체를 어미라 각인해 버리는 것처럼 상아 역시 그에게 그렇게 각인이 되어 버린 것 같다. 그리해 두 달 후 기억이 온전히 다 돌아왔는데도 그는 상아를 떠날 수 없었다. 이백 년 전의 기억, 일족의 염원, 희생, 사명……. 그 모든 것들이 이 자그만 생명체 앞에서는 하등 하잘것없는 것이 되어 버렸던 것이다.

그건 물론 지금도 마찬가지다.

"돌아가라."

"천주!"

"이 아이를 아프게 한 것만으로도 지금 내겐 너를 죽일 충분한 이유가 되는 것인즉, 다시 말하지 않는다. 돌아가라."

낮게 가라앉은 말. 살기는 선명하고 의지는 확고하다.

이찬은 더는 입을 열 수 없었다. 그를 막을 수도 설득할 수도 없었다.

정말로 여기서 한 마디만 더 한다면 그의 살수가 조금의 주저함도 없이 그의 목을 날려 버릴 것이었다.

'다음을 기약할 수밖에…….'

다음을 기약할 만큼 여유로운 처지가 아니지만 지금은 물러날 수밖에 없다.

'일단은 물러나서 다른 방법을 찾는 수밖에.'

그렇게 이찬이 물러나고 그가 상아를 품에서 떼어내며 물었다.

"왜 도망치지 않았느냐?"

눈빛이 엄하다.

잠시 안도했던 상아의 눈에 다시 그렁그렁 눈물이 맺히고, 그녀가 힘없이 대답한다.

"그냥…… 도망쳐 봐야 소용없으니까."

"소용이 있는지 없는지는 아무도 모르는 것이다. 바로 한 걸음 앞에 너를 해칠 칼이 있을지, 너를 지킬 방패가 있을지는 아무도 모르는 것이란 말이다. 그러니 다시는 가벼이 포기하지 말거라. 도망칠 수 있다면 죽을힘을 다해 도망치거라."

"응. 근데…… 그냥 아저씨가 쭉 옆에 있어 주면 안 돼? 내가 도망칠 필요 없이 그냥 아저씨가 쭉 내 옆에서 날 지켜 주면 안 돼?"

상아의 눈빛이 불안하다.

그의 소매를 움켜진 조그만 손이 절박하다.

그가 기억을 되찾았다는 것을 들은 순간부터 상아는 불안하고 무서웠다.

더 이상 그가 그녀만의 착한 바보 아저씨가 아니게 될까 봐.

그녀를 두고 그녀의 손이 닿지 않는 곳으로 멀리 떠나 버릴까 봐.

그렇게 불안하고 간절한 눈망울을 잠시간 마주 보던 그가 자신의 소매에서 상아의 손을 떼어 내고는 그 손을 힘주어 꽉 쥐었다.

"그리하마. 다시는 네가 도망쳐야 하는 일이 없도록 내가 널 반드시 지켜 주마. 앞으로도 나는 네가 하라는 것만 하고 하지 말라는 건 안 할 거니까. 나는…… 너의 착한 바보 아저씨니까 말이다."

第八章

무림 황제

"그나저나…… 이게 대체 무슨 일이야?"

루하가 의아해하며 주변을 두리번거린다. 루하뿐만이 아니다. 쟁천표국의 표사들과 그 뒤로 거대 행렬을 이루고 있는 북해빙궁의 무사들도 모두 어리둥절한 얼굴들이다.

그도 그럴 것이, 그 춥고 먼 북해를 지나 길고 긴 여정의 끝에 마침내 중원 땅에 발을 디딘 참이었다. 대규모 환영 인사가 나와 있어도 모자랄 판에 이 을씨년스럽고 살풍경한 광경이라니? 어떻게 된 일인지 마을에 사람 하나 보이지 않는 것이다.

무슨 전쟁이라도 난 것처럼 아예 개미 새끼 한 마리 없다.

더 황당한 노릇은 그 마을만 그런 것이 아니라는 것이다. 하북의 끝 위장(圍場)에서부터 산서를 향해 서남으로 향하는 길 내내 온전한 마을이 하나도 없었다.

"대체 다들 어디로 간 거야?"

하늘로 솟은 것일까 아니면 땅으로 꺼진 것일까? 이건 무슨 꿈속이라도 헤매고 있는 기분이지 않은가?

그때였다.

"북해의 오랑캐들이 감히 어디서 대중원 무림의 땅을 범하는 것이냐!"

갑작스러운 일갈과 함께 하늘에서 화살 비가 퍼부어지고, 동시에 마을 곳곳에서 달려 나온 수백 명의 건장한 사내들이 저마다 도검을 휘두르며 북해빙궁과 표행단을 공격한다.

"뭐야, 쟤들은?"

뭐랄까? 딴에는 기습이랍시고 하는 것 같긴 한데 터무니없을 정도로 어설프다.

"와아아아아!"

"죽여랏!"

함성만 요란했지 이건 기운도 기세도 미미하다. 그야말로 촌구석 무도관 수준이나 될 법한 자들이 감히 쟁천표국과 북해빙궁의 행렬을 향해 덮쳐들고 있는 것이었다.

첫 모습이 지금까지 거처 온 마을들과 하등 다를 바가 없어서 으레 여기도 텅 비었겠거니 생각해 버렸다고는 하지만, 이런 자들의 매복을 알아차리지 못했다는 것이 스스로도 신기할 정도다. 아니, 오히려 이런 자들이기에 알아차리지 못했는지도 모르겠다.

뭔가 우당탕탕거리는 저 우스꽝스러운 모습들에서 무슨 살기를 느끼고 무슨 긴장을 느끼겠는가 말이다.

굳이 루하가 나설 필요도 없었다.

꼬끼오—

닭수리들이 날아올라 날개를 휘젓자 그렇잖아도 춘풍에 훌씨 날리듯 살랑거리며 날아들던 화살들이 투두둑 맥없이 떨어졌고, 닭수리들이 그들을 향해,

슈아앙—

무서운 속도로 날아들자,

"우왁!"

"이, 이것들은 뭐야?"

"피해! 피해!"

"으아악!"

사방팔방 펄쩍펄쩍 뛰어다니며 아주 난리를 떨어 댄다.

그야말로 오합지졸.

"진짜 저것들 뭐지?"

궁금한 것이야 잡아다 족쳐 보면 될 일이다.

"저것들 다 생포하세요."

루하의 명이 떨어지고 기다렸다는 듯이 쟁천표국의 표사들이 그 난리 통 속으로 뛰어들었다.

명색이 천하제일 표국의 표사들이 아니던가. 정리는 삽시간에 끝나고 그 정체 모를 습격자들은 표사들에 의해 한 명도 빠짐없이 포박당한 채 루하의 앞에 무릎 꿇려졌다.

"당신들 대체 정체가 뭐야? 뭐하는 작자들인데 이런 가당찮은 짓을 벌인 거야?"

루하의 물음에 습격자들 중 하나가 빳빳이 고개를 치켜세운다.

"가당찮을 짓을 벌이고 있는 것은 우리가 아니라 북해의 오랑캐! 바로 네놈들이지 않느냐!"

"아까부터 자꾸 우리를 북해의 오랑캐라고 하는 것 같던데, 혹시 그거 북해빙궁을 말하는 거야?"

"당연하지! 그럼 감히 중원을 범하려는 북해의 오랑캐가 북해빙궁 말고 또 누가 있단 말이냐!"

"북해빙궁이 중원을 범하려 한다고?"

이건 또 무슨 소린가?

황당해하는 루하와는 달리 습격자들은 분통을 터트린다.

"천하가 다 아는 일인데 이제 와 발뺌을 하려는 것이냐!"

"중원 무림이 그리도 호락호락하게 보였더냐!"

"네놈들 북해의 오랑캐가 아무리 대단하다 해도 중원 무림은 결코 너희에게 무릎 꿇지 않을 것이다!"

"비록 오늘 여기서 우리는 너희 오랑캐의 손에 목숨을 잃게 되었다만, 삼절표랑의 영령과 함께 죽어 혼백이 되어서라도 너희의 발을 묶고 심장을 뜯어 반드시 중원 무림을 침범한 죄를 물을 것이다!"

"자, 잠깐만! 삼절표랑의 영령이라니? 그건 또 무슨 귀신 씻나락 까먹는 소리야?"

"삼절표랑 정 대협을 너희가 죽여 놓고 이제 와서 발뺌이라도 하겠다는 것이냐!"

"누가 누굴 죽여? 멀쩡히 살아 있는 사람을 왜 죽은 사람 취급이야? 대체 천하가 다 아는 일이라는 게 뭔데? 강호에 무슨 소문이 어떻게 난 거야?"

아무래도 자초지종부터 들어야 할 일인 듯싶다.

그리해 습격자들로부터 듣게 된 이야기는 들으면 들을수록 그저 황당하고 기가 막힐 따름이었다.

그들의 이야기를 간단히 간추리자면 이랬다.

삼절표랑을 포함한 쟁천표국의 표행단이 북해빙궁에 들자마자 곧바로 북해빙궁이 병력을 이끌고 중원으로 향하고 있다는 소식이 전해졌고, 그로 인해 억측과 오해가 생겼다.

혁련휘의 보물을 탐낸 북해빙궁이 삼절표랑과 쟁천표국의 표사들을 죽여 표행단 몫의 보물을 빼앗고, 그것으로 그치지 않고 그 참에 아예 중원 정벌까지 나섰다는 것이었다.

황당무계 그 자체다.

그러면서도 일면 이해가 가는 것은 같이 어이없어 하고 있는 북해빙궁의 모습이다.

북해(北海).

붉은 천에 금빛 수실로 수놓아진 저 휘황찬란한 깃발을 보라. 거대 행렬을 가득 뒤덮고 있는 수십 기의 깃발만 보더라도 저게 어디 중원 유람 나온 자들의 자태인가 말이다.

거기에 비하면 쟁천표국은 인원수도, 표국의 표기도 초라하기 그지없다. 북해빙궁의 저 거대하고 휘황찬란한 행렬에 묻히는 게 당연했다.

'그러게 너무 요란스럽더라니까.'

그래서 그들과의 동행으로 중원 무림이 꽤나 시끄러워질 거라 걱정도 했다. 하지만 그렇다고 해도 삼절표랑을 죽이고 중원 침공이라니?

'대체 어느 놈의 머리에서 나온 생각인 거야?'

착각인지 선동질인지, 어떤 놈이 그런 말도 안 되는 소문을 퍼트렸는지 그 작자 면상 한번 보고 싶다.

"그래서? 어떻게들 하고 있는데? 북해빙궁이 중원을 침범한다 알려졌으면 뭔가 대책들을 세우고 있을 거 아냐?"

"흥! 우리가 네놈들에게 그런 정보를 토설할 것 같으냐? 살점을 바르고 뼈를 으깨어도! 차라리 혀를 깨물지언정 우리에게선 단 한 마디도 나오지 않을 것이니 괜히 힘 빼지 말고 그냥 죽이거라!"

모르는 사람이 보면 대단한 독립투사라도 되는 줄 알겠다.

"이보시라고. 착각도 좀 정도껏 하시란 말이야. 북해빙궁이 중원을 왜 침범해? 멀쩡히 잘 살아 있는 삼절표랑은 왜 또 죽은 놈 취급이고?"

"흥! 그따위 교언이설에 우리가 속을 줄……."

"저거 안 보여? 저 표기. 물론 저 뒤의 요란뻑적지근한 깃발 때문에 바로 눈에 들어오진 않겠지만 그래도 잘 보라고. 쟁천, 두 글자 보이지?"

"……."

"저 표사들 가슴의 표식도 보이지?"

"……."

"그래, 맞아. 쟁천표국의 표기고 표식이지. 이제 상황 파악이 돼? 이 행렬은 북해빙궁의 중원 정벌 같은 게 아니라고. 애당초 삼절표랑이 누구한테 죽을 리가 없잖아."

"그럴…… 리가 없다! 그럼 삼절표랑은 어디에 있단 말이냐?"

"지금 당신 눈앞에 있잖아."

"뭐?"

"어이! 어딜 보는 거야? 여기여기, 여기 나 말이야. 내가 삼절표랑이라고. 이 정도 외모에 이만한 기품에 이런 신비로움까지 고루고루 갖춘 완벽한 사내가 삼절표랑이 아니면 누가 삼절표랑이겠어?"

루하가 짐짓 손으로 턱까지 받쳐 들며 자신의 외모를 부각시켜 보지만 오히려 역효과다. 반신반의하던 습격자들의 눈빛이 불신으로 기울어진다.

그러자 설란이 핀잔을 준다.

"그렇게 경박하게 구는데 누가 널 삼절표랑이라 생각하겠니? 천하제일인이랑은 너무 거리가 멀잖니."

"거리가 멀든 어쨌든 이게 난데 뭐 어쩌라고. 아님, 산이라도 날려 줘? 땅이라도 갈라줘? 그럼 믿으실래들?"

루하가 짜증스레 말하자 설란이 고개를 잘래잘래 젓고는 차분한 어조로 습격자들에게 말했다.

"얘가 보기엔 이래도 삼절표랑 맞아요. 저기 표사분들도 쟁천표국의 표사분들이 맞구요. 북해빙궁이 쟁천표국의 표사들을 죽이고 중원 무림을 범할 뜻으로 온 것이라면 우리가 굳이 이런 복장을 하고 있을 이유가 없잖아요."

"혹시…… 무림일화 예설란 소저이십니까?"

"저를 아세요?"

"당연히 압니다! 알고말고요! 무림에서 칼 밥 먹는 사내 치고 삼절표랑의 정인이자 무림에서 가장 아름답다는 무림 일화 예설란 소저의 이름을 들어 보지 못한 사람이 누가 있 겠습니까?"

"정말 듣던 대로…… 아니! 소문이 무색할 정도로 아름 다우십니다!"

곳곳에서 터져 나오는 감탄과 찬양.

루하가 어처구니없어하며 끼어든다.

"어이, 어이! 당신들 잠깐만! 방금 전에 내가 삼절표랑이 라고 할 때는 개무시하더니 지금 이 반응들은 뭔데?"

"믿습니다!"

"뭐?"

"대협이 삼절표랑인 거 이제 믿는다고요!"

"그러니까 아까 내가 삼절표랑이라고 할 때는 개무시해 놓고 애가 예설란이라고 하는 건 왜 철석같이 믿는 거냔 말 이야. 사람 기분 나쁘게!"

루하가 사납게 노려보자 아까의 기세는 온데간데없이 자 라목이 되어 루하의 눈치를 살피는 습격자들이다. 그 모습 을 보니 정말로 믿긴 믿는 것 같은데, 그게 더 기분 나쁘다.

"이 사람들이 정말……."

"뭘 그렇게 열을 내니? 지금이라도 믿어 준다니 된 거지. 그보다 무림 상황부터 알아봐."

속이 부글부글 끓는다. 하지만 설란의 말대로 지금 중요한 것은 이 말도 안 되는 오해로 인해 벌어지고 있는 무림의 상황이다.

루하가 애써 분을 삼키며 다시 물었다.

"그래서 무림인들은 지금 어떻게 하고 있어?"

그리해 듣게 된 말은 정말이지 그들 모두를 병 찌게 만들었다.

"북해빙궁과의 결사 항쟁을 위해 전 무림이 하남으로 집결하고 있는 상황입니다. 구대문파를 비롯해서 육대가문과 각지의 군소문파들까지, 지금 하남에 집결한 인원만 무려 십이만 명이 넘습니다."

"……."

그야말로 상상 초월이다.

지난날 폭주 강시가 감숙성 일대를 초토화시켰을 때도 이 정도로 많은 인원이 모이지는 않았었다. 모르긴 몰라도 무림사에 유례를 찾아볼 수 없을 정도의 규모가 아닐까 싶다. 그만큼 북해빙궁에 대한 무림인들의 공포가 크고 깊다는 뜻이겠지만, 그 모든 것이 오해에서 빚어진 것이기에 머리가 멍할 정도로 어이없기만 하다.

"대체 누굽니까? 이런 말도 안 되는 일을 벌인 게?"

"그건 저희도 잘…… 저희도 그냥 소문만 듣고 하남의 집결지로 달려갔던 거라……. 다들 거기서 만난 사람들이고……."

하긴, 이런 자들이 깊은 속 내막을 알 리가 없다.

"근데 당신들은 왜 여기 있는 건데? 하남의 집결지로 달려갔다면서 왜 달랑 당신들만 여기서 이런 얼토당토않은 짓을 벌인 거야?"

"우리를 받아 주지 않았으니까요!"

루하의 말에 습격자들이 울분을 터트린다.

"사람이 너무 많다고, 우리 같은 것들은 도움이 안 된다고, 오히려 방해만 될 뿐이라고……. 도대체! 자기가 나고 자란 터전을 지키고자 목숨을 걸겠다는데, 그 마음에는 경중이 없을진대 지들이 뭔데 능력을 따지고 자격을 운운하냔 말입니다! 그래서……."

"그래서 홧김에 여기로 달려들 오신 거다? 죽을 자리임을 뻔히 알면서?"

"홧김이 아니라 애국 충정입니다! 그리고 명예롭게 죽을 수 있는 자리를 마다한다면 그건 사내대장부가 아니죠!"

"하하……."

이것들 좀 정신에 문제가 있는 거 아닐까?

어찌 이런 자들이 이렇게나 많이 모일 수 있었을까 싶다.

그런 것을 보면 확실히 하남 집결지에 어중이떠중이, 별의별 사람들이 다 모이긴 했나 보다.

"이제 어떻게 할 거야?"

설란이 묻는다.

"가서 오해는 풀어야 할 거 아냐?"

"당연히 풀어야지. 지들 착각으로 이 난리를 떨어 댄 걸 알게 되면 어떤 얼굴들을 할지 궁금해 미치겠으니까. 진짜 그 면상들 한번 보고 싶네."

"그렇게 간단히 생각할 일이 아냐. 결국 오해도 우리 때문에 생긴 거야. 북해빙궁을 이렇게 통째로 데려온 것부터가 이 모든 사달의 시초라고. 제멋대로들 오해를 했다곤 해도 무림이 이렇게까지 발칵 뒤집어졌는데 '응! 전부 오해였으니까 다들 돌아가세요.' 한다고 끝날 일이 아니란 말이야. 모르긴 몰라도 원망깨나 들을걸?"

"흥! 누가 누굴 원망해? 오히려 원망을 해야 하는 건 내 쪽이고 사과를 받아야 하는 것도 내 쪽이라고. 멀쩡한 사람 죽은 사람으로 만들었으면 당연히 그쪽에서 사과를 해야지. 더구나 내가 어디 보통 사람이야? 나 정도 위치에 있는 사람은 죽어서 명예를 구하는 저치들이랑은 달라. 난 죽는 것이 곧 불명예가 되는 사람이라고. 그러니까!"

"……."

"그자들은 나한테 모욕감을 준 거야."

사실 루하는 기분이 영 개운치가 않았다.

느낌이라고 할까, 직감이라고 할까?

"분명 누군가 중간에서 농간을 부린 것 같은데……."

"농간?"

"중원에서 북해빙궁이란 이름이 아무리 대단하게 여겨
진다고 해도 이건 너무 과하잖아. 단순한 오해로 이렇게까
지 사태가 커질 수 있냔 말이지. 아무려면 강시도 때려잡는
내가 북해빙궁 하나 감당 못 해서 죽임을 당할 리가 없잖
아? 하물며 그런 가당치도 않은 소문을 전 무림이 믿고 있
다는 게 말이 되냔 말이지."

루하의 말에 설란이 슬쩍 북해빙궁 무사들의 눈치를 본
다.

루하가 거침없이 뱉어내는 말은 듣는 북해빙궁 입장에서
는 충분히 기분 나쁠 수 있는 말이었다. 아니나 다를까, 여
지없이 얼굴에 불쾌감을 드러내는 북해빙궁의 무사들이다.
하지만 그뿐이다. 루하의 신위를 직접 목도한 그들로서는
그 불쾌한 사실조차 수긍을 할 수밖에 없는 것이다.

다행히 별다른 반발은 없는 듯하자 내심 안도한 설란이
루하에게 물었다.

"그러니까 네 말은 누군가 어떤 목적을 가지고 선동이라
도 하고 있다는 말이니?"

"아마도. 물론 아닐 수도 있지만 만에 하나라도 불순한
의도가 섞여 있는 게 맞는다면……."

"맞는다면?"

"나한테 모욕감을 준 대가는 톡톡히 받아내야지. 흐흐."

입술을 비집고 새어 나오는 웃음이 사악하다.

어쨌거나 그리해 그들은 쟁천표국이 있는 산서가 아닌,
무림인들의 결사 항쟁을 위한 집결지인 하남의 개봉으로
향했다. 북해빙궁만 따로 떼어서 산서로 보낼까도 생각했
지만 북해빙궁의 무사들이 이참에 중원의 무림인들을 직접
보고 싶다고 해서 그냥 같이 가기로 했다.

'하긴, 무림인이 십이만 명이나 모였다는데 그런 진풍경
을 언제 또 구경해 보겠어?'

중원 무림에 대한 호기심을 충족시키기에 이보다 좋은
기회도 또 없는 것이다.

그렇게 하남의 개봉으로 향하는 길. 하지만 그들은 하남
땅을 밟지 못했다. 아니, 밟을 필요가 없었다. 역시 소문은
발보다 빨랐다.

삼절표랑이 북해빙궁의 칼에 죽은 것이 아니라 북해빙궁
과 같이 오고 있다는 소문이 그들의 발보다 빨리 개봉에 닿

앉고, 그리해 그들이 하남 땅을 밟기도 전에 집결지에 모인 십이만 명의 무림인들이 더러는 기대로, 또 더러는 함정일지도 모른다는 의심과 경계로 그들을 맞기 위해 달려온 것이었다.

루하 일행이 십이만 무림인들과 조우하게 된 곳은 하남과 하북의 경계점인 형태(邢台)라는 곳이었다.

그야말로 인산인해다. 넓은 초원 위에 끝이 보이지 않을 만큼 빼곡하게 사람으로 들어찬 것이 보는 것만으로도 숨이 턱 막힐 지경이었다.

그 어마어마한 규모에 쟁천표국의 표사들은 물론이고 북해빙궁의 무사들마저 놀라워하는 그때, 십이만 무림인들 속에서 일단의 무리가 뛰쳐나오더니 그들을 향해 달려온다.

대략 스무 명 남짓. 처음에는 아직도 오해를 풀지 못하고 공격이라도 하려는 건 줄 알았지만 자세히 보니 하나같이 낯이 익다. 게다가 그 낯익은 얼굴에는 적의나 살기는커녕 더할 수 없는 반가움만 가득했다. 심지어 그중 하나인 화산의 상관란은,

"정 대협! 살아 계셨군요!"

와락 루하의 품에 뛰어들기까지 했다.

그 예상치 못한 환대에 어리둥절해하는 루하다.

자신의 품속으로 뛰어든 자가 냄새 나는 사내가 아니라 향긋한 체향에 나긋하고 여리여리한 자태의 여인이기에 썩 기분이 나쁘지는 않았지만, 그렇다곤 해도 이런 과도한 환대가 루하로서는 난데없기만 하다.

그도 그럴 것이, 지금 자신의 생환을 이토록 과도하게 기뻐하고 있는 자들은 다름 아닌 구대문파의 차기들이자 신대정회의 회원들이었다. 신대정회라는 울타리 안에 같이 묶여 있기는 하지만 이렇게까지 반길 만큼 친밀한 관계들은 아니었던 것이다.

하지만 한편으론 이해가 되는 면도 있다.

구대문파에 대한 세상의 인심이 극단적으로 치닫지 않았던 것도, 그리고 봉문의 위기에서 겨우 빠져나올 수 있었던 것도 모두 신대정회 덕분이었다. 그리고 신대정회는 루하로 인해 존재하는 것이었다. 만일 그가 북해에서 정말로 화를 당했다면 가장 곤란해지는 것도 당연히 구대문파일 수밖에 없다.

아마 그가 죽었다는 소식에 거의 하늘이 무너지는 것처럼 암담해했을 터였다. 무림인들이 다시 해묵은 일들을 끄집어내어 구대문파를 질타하지나 않을까, 다시 봉문이라도 선언해야 하는 건 아닌지 전전긍긍했을 것이었다.

그러니 이렇게 무사 귀환한 루하가 반가울 수밖에 없는 것이다.

다만,

'그렇다곤 해도 이 여자는 왜 이래?'

아무리 반가워도 그렇지 남녀가 유별한데 이 많은 시선들 앞에서 이건 좀 너무 낯 뜨겁지 않은가.

하지만 그마저도 루하는 수긍했다.

'하긴, 천하제일인이 젊은 데다 잘생기기까지 했는데 좋아하지 않는다면 그게 더 이상한 거지.'

전혀 눈치채지 못했지만, 아마도 남몰래 그를 짝사랑이라도 하고 있었던 모양이다.

이 역시 나쁘지 않다.

미모의 여인이 자신을 남몰래 짝사랑하고 있었다는 것도, 어미 품을 찾는 새끼 고양이마냥 작고 가녀린 몸을 자신의 품에 안겨 드는 것도.

그러나 그것도 잠깐이다. 뒤통수에서 느껴지는 따끔하다 못해 서늘하기까지 한 느낌에 급히 상관란을 자신의 품에서 떼어냈다.

보지 않아도 알 수 있다.

지금 설란이 어떤 눈빛을 하고 있을지.

아니, 그래서 돌아보고 싶지 않다.

그리해 상관란을 품에서 떼어 낸 루하가 짐짓 아무렇지 않은 척 헛기침을 내뱉는데, 그때 갑자기 함성이 터졌다.

"와아! 역시 살아 있었어! 삼절표랑이 살아 있었다고!"

"와아아아! 삼절표랑이 살아 있다! 삼절표랑은 죽지 않았어!"

어느새 루하를 확인할 수 있을 만큼 가까이에 이른 무림인들이 환호성을 질러 댄 것이다.

대함성이다.

"그럼 그렇지! 삼절표랑이 죽을 리가 없지! 삼절표랑이 죽을 리가 없다고! 와아아아아!"

땅이 들썩이고 하늘이 흔들릴 정도의 함성을 들으니 사람들의 환호와 환대에는 꽤나 익숙한 그인데도 괜히 가슴이 뜨거워진다. 그런 한편으로 십이만이나 되는 인원을 선동한 자가 누구인지 새삼 더 궁금해진다.

그때였다.

"자네가 삼절표랑이로군."

웬 노인 하나가 대인파 속을 헤치며 루하에게 다가와 그렇게 말을 건넨다.

루하가 의아해하는데,

"할아버지!"

조금 전까지 루하의 뒤통수를 향해 서릿발 같은 눈빛을

던져 대던 설란이 갑자기 그렇게 외치며 그 노인의 품에 안겨 드는 것이 아닌가?

당연히 그녀의 친조부인 예운형은 아니다. 예운형의 얼굴을 그가 몰라볼 리가 없다. 그러면 한 명뿐이다. 예운형을 제외하고 설란으로부터 할아버지라 불릴 수 있는 또 다른 한 사람.

'단씨세가주 천수신검(千手神劍) 단우헌(丹羽軒)……'

아니나 다를까, 노인의 뒤로 십이만 인파를 헤치며 다가오고 있는 또 한 명의 사내가 보였다. 설란의 외숙부이자 단우헌의 아들이며 루하와도 얼굴깨나 익힌 백일검 단형우였다.

역시 지금 그의 눈앞에 선 노인은 단씨세가주 단우헌이 분명했다.

곧 일가친족이 될 가문의 어른이건만 지금까지 딱히 만날 기회가 없었다. 그리해 처음으로 보게 된 단우헌은 상상했던 그대로의 모습이었다.

칼날처럼 뻗은 눈썹에 바위처럼 굳은 입매, 얼굴은 전형적인 무인이고 분위기는 위엄에 차 있다. 다만 설란을 향하는 눈만큼은 순간순간 자애로워서 그 무서운 인상을 한결 누그러뜨린다.

루하는 곧바로 예를 취했다.

"소생 정 모가 천수신검 단우헌 대협을 뵙습니다."

"듣던 것보다도 더 젊군."

"제가 좀 젊긴 합니다. 가뜩이나 동안인데 나날이 어려지기까지 해서, 그래서 걱정입니다. 이러다 기루에서 기녀들 엉덩이 한번 못 두들겨 보는 거나 아닐까 하고. 하하……."

왠지 어색해서 분위기나 좀 풀어 보자고 던진 농담인데 상대가 좋지 않다.

경박하다 여겼는지 얼굴이 한층 더 엄해진다. 설란도 옆에서 핀잔의 눈총을 준다.

'역시 이래서 가정 교육이 중요하다는 거지. 집안 어른 될 분한테 기생 엉덩이가 뭐냐고, 기생 엉덩이가!'

못 배운 티 너무 냈다. 그렇게 자책을 하는데, 다행히 더 질책하지 않고 단우헌이 화제를 돌렸다.

"한데 어찌 된 일인가?"

"어찌 된 일이라뇨?"

"북해빙궁 말일세."

단후헌의 눈이 루하의 뒤, 북해빙궁의 무사들에게로 향한다.

그 순간 무림인들이 일제히 숨을 죽였다. 그렇잖아도 궁금해서 미칠 지경이었다. 북해빙궁의 칼에 화를 당했다던 루하와 쟁천표국이 저리도 멀쩡히 돌아온 것만 해도 뭐가 어떻게 된 건지 어리둥절한 터에 여기까지 동행을 하고 있으니 그 조합이 도무지 이해가 안 되는 것이다.

그렇게 모두의 시선을 한 몸에 받은 루하가 별거 아니라는 듯 어깨를 으쓱인다.

"그냥…… 식객입니다."

"뭐?"

의문을 풀려고 물은 것인데 머릿속은 더 혼란스러워졌다.

"식객이라니?"

특별한 은원이 없이는 사사로이 중원을 넘은 적이 단 한 번도 없던 북해빙궁이다. 은원을 해결하고자 중원을 넘을 때도 극히 소수로 움직였고, 은원을 해결하고 나면 한시도 지체 않고 북해로 돌아가 무림에선 그야말로 신기루처럼 여겨지던 곳이었다. 그런데, 얼핏 보기에도 천 명이 넘는 대행렬이다. 북해빙궁의 규모를 정확히 알지는 못하지만 중원의 문파를 기준으로 저 정도면 거의 북해빙궁이 통째로 움직였다고 해도 크게 틀리지 않을 듯싶었다.

오죽하면 북해빙궁의 중원 정벌이라는 소문이 퍼졌겠는가 말이다.

그런데, 무림사에 그 유례를 찾아볼 수 없는 일이 벌어졌는데, 그럴 정도로 지금 북해빙궁의 중원 방문은 충격과 경악 그 자체인데, 고작 쟁천표국의 식객이라니? 식객으로 온 것이라니?

대체 그 말을 어떻게 해석해야 한단 말인가?

"복잡하게들 생각할 것 없습니다. 말씀드린 그대롭니다. 그냥 저희의 식객으로 온 거예요. 나도 좀 귀찮고 거추장스러워서 싫다고 하긴 했는데, 어쩌겠습니까? 부득불 나좋다고 따라오겠다는데 억지로 떼어 낼 수도 없는 노릇이고……."

복잡하게 생각 말라 했지만 들으면 들을수록 혼란만 가중된다.

북해빙궁이 스스로 식객이 되기를 자청하다니? 그 좋다고 부득불 중원까지 따라온 것이라니?

북해빙궁은 그런 곳이 아니지 않은가? 적어도 그들이 아는 북해빙궁은 하늘보다 자존감이 높고 고고하기로는 천년 고송보다도 더 고고한 곳이 아니던가?

대체 북해에서 무슨 일이 있었던 것일까?

대체 눈앞에 있는 이 경박해 보이는 청년은 어떤 사람이란 말인가?

소문이야 많이 들었다.

초월적인 능력에 대해서도 충분히 인식하고 있었다.

눈에 넣어도 아프지 않을 외손녀의 정인이라는 사실도 알고 있었다.

그런데 지금 이렇게 마주하고 보니 어떤 인물인지 전혀 모르겠다.

아무리 살피고 또 살펴도 도무지 종잡을 수도 없고 그릇을 잴 수도 없다.

그렇게 단우헌이 미간을 잔뜩 찌푸리며 복잡한 눈으로 루하를 보는데, 루하가 불쑥 물었다.

"그보다…… 누굽니까?"

"……?"

"어르신 같은 분이 쉽게 몸을 움직였을 리는 없고, 그런데도 어르신 같은 분까지 이런 곳에 있게 만들 정도면 분명 가벼운 인사는 아닐 텐데, 말도 안 되는 소문을 퍼트려서 이런 난리 통을 만든 주동자가 대체 누굽니까?"

루하의 물음에 단우헌의 눈이 십이만 대인파 속 어느 한 지점으로 향한다.

루하의 말대로였다. 북해빙궁이 아무리 두려운 존재라고 해도 그가 이 대열에 합류한 것은 단지 소문 때문만은 아니었다. 고작 소문에 휘둘릴 만큼 단씨세가주 천수신검 단우헌은 가벼운 인사가 아니었다.

그를 움직이게 한 힘.

소문보다 더 큰 확신으로 그를 설득하고 끌어낸 자들이 바로 저기 저 인파 속에 있었다.

단우헌의 눈길이 닿자 사람들이 마치 천적 만난 개미 떼 갈라지듯 좌우로 퍼져 나간다. 물론 단우헌 때문이 아니다. 그 뒤에 버티고 선 삼절표랑의 서슬 퍼런 눈빛 때문이다. 자칫 불똥이라도 튈까 싶어서 그렇게 루하의 시선이 닿지 않는 곳으로 피하고 있는 것이다.

그리해 루하의 시야에 남은 자들.

두 무리다. 각기 수백 명의 덩어리를 형성하고 있는 두 무리가 갈라진 인파 속에 덩그러니 남아서 곤혹스러운 표정들을 하고 있었다.

복색도, 얼굴도 낯이 익다.

"결국 당신들이었습니까?"

루하가 어이없어하며 보고 있는 자들……. 다름 아닌 이번 북해로의 표행길에서 표행단을 함정에 빠트려 혁련휘의 보물을 갈취하려 했던 제갈세가와 사천당문의 사람들이었다.

"이런 얼토당토않은 일을 벌인 게 당신들이었습니까?"

어이없는 중에도 그제야 납득이 간다. 저들 두 가문 정도는 되니까 전 무림이 그 얼토당토않은 선동질에 넘어갈 수 있었던 것이다.

루하의 표정이 한층 더 싸늘해졌다.

"그때 분명 이렇게 말씀을 드렸을 텐데요. 내가 표행을 마치고 돌아올 때까지 아무것도 하지 말고 쥐 죽은 듯이 있으라고. 한데, 쥐 죽은 듯이는커녕 이런 황당한 일을 벌이고 있을 줄을 정말이지 상상도 못 했습니다."

루하의 눈빛이 이젠 싸늘하다 못해 노기마저 띤다.

그 같은 루하의 눈빛에 차마 그 눈을 마주 보지 못하고 고개를 푹 떨어뜨리는 두 가문이다. 그러나 그런 중에도 할 말은 있는지 사천당문주 당학경이 해명이랍시고 말을 꺼낸다.

"우, 우리는 대협이 정말 북해빙궁에서 목숨을 잃었다 생각했소. 북해빙궁이 대군을 이끌고 중원을 넘고 있다는데 쟁천표국과 북해빙궁 사이에 뭔가 일이 단단히 틀어졌다 생각하는 거야 당연한 일이 아니오."

"흥! 내가 죽었다 생각한 게 아니라 죽었으면 한 거겠지. 그래야 제갈세가와 사천당문이, 그 대단하신 가문들이 벌인 날강도 짓을 추궁할 사람이 없어질 테니까."

그들이 이처럼 일을 크게 벌인 것은 비단 그 때문만은 아니었다. 굳이 루하가 추궁을 하고 처분을 내리지 않더라도 그가 북해에 머물러 있는 동안 제갈세가와 사천당문의 입지는 이미 상당히 위태로워져 있었다. 그들이 혁련휘의 보물을 노리고 쟁천표국의 표행단을 공격했다는 것이 그날 그 자리에 있던 녹림도들의 입을 통해 무림에 전해진 때문이었다.

그 바람에 거의 공공의 적이 되다시피 했다. 그들 가문의 이름 앞에 직접 대놓고 욕을 하진 못했지만 사람들은 그들을 더 이상 무림을 지탱해 온 정도 무림의 영수로도, 전통 있고 명망 높은 명문 무가로도 보지 않았다. 한낱 녹림도와 다를 바가 없는, 아니, 오히려 믿었던 그들 가문에 대한 실망과 배신감에 녹림도들보다도 더한 경멸과 멸시를 보냈다.

한순간의 잘못된 판단과 욕심으로 수백 년간 쌓아올린 가문의 업적과 신망을 송두리째 날려 버리게 된 것이다. 더구나 첩첩산중에 사면초가로, 루하가 돌아오면 어떤 처분이 더 내려질지 짐작조차 할 수 없는 상황. 그대로 처분이 떨어지기만을 손 놓고 기다리고 있을 수만은 없었다. 뭔가 대책을 마련해야 했다.

북해빙궁이 대규모 병력을 이끌고 중원으로 향하고 있다는 소식이 전해진 것은 바로 그 무렵이었다.

기회라 생각했다.

북해빙궁이 중원을 노리고 있는 것이 맞는다면 자신들에게로 향하고 있는 무림인들의 분노와 질타가 오롯이 북해빙궁으로 향하게 될 것이고, 그들을 상대로 확실한 전공을 세우면 돌아선 민심도 다시 되찾을 수 있다.

그리해 소문을 키웠고 민심을 부추겼다.

루하의 말대로 루하가 북해빙궁의 칼에 화를 당했기를 바라며. 그렇게 도박을 하는 심정으로.

그들의 입장에서는 무리를 해서라도 국면 전환에 가문의 사활을 걸 수밖에 없었던 것이다.

물론 그들의 그 간절한 바람과는 달리 루하는 이렇게 멀쩡히 돌아왔지만 말이다. 그로 인해 그 절박한 계획은 안 하느니만 못하게 되어 버렸다.

설마하니 그 대단한 북해빙궁이, 존재만으로 중원 무림을 긴장케 하는 그 대단한 자들이 고작 쟁천표국의 식객으로서 중원 유람을 온 것일 줄 그들이라고 어찌 상상이나 했겠는가 말이다.

북해에 있는 동안 중원 무림의 소식을 전혀 듣지 못한 루하로서는 그 자세한 내막까지는 알지 못했지만, 돌아가는 분위기만으로도 어떻게 된 상황인지 얼추 짐작을 할 수 있었다.

그것만으로도 미뤄 두었던 그들에 대한 처분을 내리기에 충분했다.

"이제 어떻게 하시겠습니까?"

"……."

"정도 무림의 영수를 자처하던 분들이 녹림도당이나 하는 짓을 저지른 것으로도 모자라 무림 동도들을 기만하고 이런 일까지 벌였으면 그 죄가 결코 가벼운 것이 아닐 터인데, 마땅히 책임을 져야 할 것이 아닙니까?"

루하의 질책하는 눈빛이 엄하다. 비단 루하만이 아니다. 이곳에 모인 십이만 군중의 시선이 루하와 크게 다르지 않았다. 만일 이 자리에 루하가 없었더라면 어디선가 돌이라도 날아왔을지도 모른다. 그만큼 궁지로 내몰렸다. 피할 수도, 외면할 수도 없다. 답을 내놓아야 했다. 루하와 저들 성난 군중이 원하는 답을.

"가문의 문을…… 닫겠소이다."

쥐어짜듯 어렵게 토해 내는 말.

루하가 되물었다.

"문을 닫는다면 봉문을 하시겠다는 말씀입니까?"

"……그렇소."

하긴, 어차피 그들에겐 다른 선택지 자체가 없다.

"그래서 얼마나요?"

거기까진 생각 못 했는지 제갈세가주 제갈문도 사천당문주 당학경도 쉽게 입을 열지 못한다. 그 주저함을 루하가 끊어 냈다.

"소림의 봉문이 삼십 년이었던가요?"

"……."

"지난날 소림이 무림에 끼친 폐해가 컸다 해도 그거야 악의가 아니라 어디까지나 실수와 경솔함에서 비롯된 것이지만 당신들이 범한 죄는 그것과는 근본부터가 다르지 않습니까? 죄질만 놓고 따지면 당신들이 저지른 죄가 훨씬 더 무겁고 악독하다는 게 내 생각입니다."

"허, 허면 우리더러 삼십 년을 봉문하라는 말씀이시오?"

삼십 년 봉문이라니? 무림에서 봉문이라 함은 단지 문을 닫아걸고 외부 출입을 금한다는 것이 아니었다. 지닌 모든 지위와 권리를 내려놓는다는 뜻이었다.

소림과는 입장과 상황이 다르다. 소림이야 삼십 년 정도 물을 안 준다고 썩거나 흔들릴 뿌리가 아니지만 그들 가문들은 달랐다. 무림에는 그들을 대신할 문파는 얼마든지 있으니까. 신뢰를 잃은 그들에게 삼십 년의 시간은 그들이 누려온 모든 것들을 송두리째 앗아가기에 충분한 시간이었다.

하지만 이어서 나온 루하의 한 마디는 지금 그들이 느끼는 암담함보다 더 가혹했다.

"오십 년!"

"……!"

"말했지 않습니까? 당신들의 죄질은 소림보다 더 무겁고 악독하다고. 그러니 적어도 소림보다는 반성과 참회의 시간이 길어야 마땅하지 않겠습니까? 분명히 말씀드리는데, 향후 오십 년간 무림에 그 어떤 관여도 하실 수 없을 것입니다. 이를 어길시 제가 절대로 용납지 않을 것입니다!"

그야말로 두 가문에는 사형선고나 다름없는 말이었다. 가혹하다 못해 잔인하기까지 했다. 그런데도 십이만 군중들 중 누구 하나 거기에 토를 달거나 연민을 보내는 자가 없다. 그건 단지 루하의 결정이 그들의 마음을 충족시킬 만큼 과하지도 부족하지도 않게 더할 수 없이 적절했기 때문이 아니었다. 그저 그가 내린 결정이기에, 그저 그 사실 하나만으로도 군중들은 납득하고 수긍을 해 버린 것이었다.

그랬다.

지금 루하는 단순히 천하제일의 고수가 아니었다. 지금 루하가 보여 주는 모습은 그 엄중한 사형 선고에도 두 가문조차 한 마디 불만도 토로할 수 없는, 그야말로 절대자의 풍모였고 통치자의 면모였다.

그렇게 두 가문에 대한 처벌을 확정 지은 루하가 군중들을 아우르듯이 시선을 멀리 던지며 사자후와도 같은 목소리로 외쳤다.

"다들 보셨다시피 모든 것은 오해와 착각에서 비롯된 것인바, 정벌 전쟁 따윈 없습니다. 그러니 이만 해산하십시오!"

*   *   *

"해산하라니까 대체 왜들 저러는 거야?"

루하가 눈살을 찡그리며 뒤를 돌아본다.

쟁천표국으로 향하는 길, 표행단과 북해빙궁의 뒤로 수많은 인파가 구름 떼처럼 따르고 있었다. 해산하라고 했는데도 십이만 군중들 중에 단 한 명도 그 자리를 이탈하는 자가 없었다. 이탈은커녕 표행단이 산서로의 이동을 시작하자 마치 꼬리표행단처럼 길게 꼬리를 물고는 따라온다. 그 위용이 실로 대단했다. 오죽하면 북해빙궁의 무사들조차 기가 질려 했을까.

"이건…… 황제의 즉위식이로군."

단우헌의 목소리가 격정으로 가늘게 떨려나왔다.

옆에서 따르던 설란이 물었다.

"즉위식이라뇨?"

"말 그대로다. 무림 황제의 즉위식. 십이만 무림인들에 세외를 대표하는 북해빙궁까지, 저들이 하나같이 저 사내를 따르고 있지 않느냐. 이만큼 확실한 즉위식이 또 어디에 있겠느냐?"

단우헌의 말에 설란이 새삼스러운 눈으로 그들을 따르는 구름 인파를 본다. 확실히 대단하긴 하다. 저들 모두의 시선이 루하 하나만을 쫓고 있는 것이라 생각하니 왠지 그녀의 가슴도 벅차오른다.

이윽고 설란의 시선이 구름 인파에서 옮겨져 앞서 가는 루하의 등을 향했다.

처음 만났을 때의 천둥벌거숭이 같던 모습이 아직도 기억에 생생한데 저 등이 언제 저렇게 크고 넓어진 것일까?

뿌듯하고 대견한 한편으로 어떤 낯설음이 아릿한 그리움을 만든다. 그리고 느껴지는 갑작스러운 거리감. 그때 마침 루하가 그녀를 돌아본다.

"야. 뭐해?"

"뭐가?"

설란이 퉁명스럽게 대답하자 루하가 툴툴거렸다.

"마누라가 서방님 곁을 안 지키고 왜 거기 있냐고. 얼른 이리 와. 나 지금 막 군중 속의 고독 같은 거 느끼고 있단 말이야."

"군중 속의 고독이란 말은 또 어디서 들은 거니? 그게 무슨 뜻인지나 알고 하는 말이니?"

"음…… 몰라. 어디서 들었나 보지. 아님 절대자의 고독이라고 해 두든가. 아무튼 나 지금 무지 외로우니까 얼른 와서 서방님 곁을 지켜. 얼른얼른! 얼른얼른!"

"알았어. 알았으니까 체신 머리 없게 그만 좀 보채. 저기 저 사람들이 너한테 보내는 존경과 선망의 시선들이 안 보이니?"

퉁명스레 대답은 하면서도 못 이긴 척 말을 재촉해 루하의 옆에 나란히 서는 설란이다. 루하가 그런 설란의 손을 덥석 잡아챈다.

"흥! 나란 놈이 원래 이런 놈인데 어쩌겠어? 저치들 시선 무서워서 되지도 않게 근엄 떠는 거 꼴같잖다고. 전에도 말했지만 다른 사람들 눈치 보며 사는 건 아주 지긋지긋하단 말이지."

역시 루하는 루하다. 무림 황제가 되었든 뭐가 되었든 한결같이 조금은 속되고 조금은 경박한 그 모습 그대로의 천둥벌거숭이 소년.

덕분에 조금 전 느꼈던 거리감은 언제 그랬냐는 듯 지워지고 기분 좋은 익숙함과 안도가 그 자리를 메운다.

"그래도 이 손은 좀 놓지? 할아버지도 보고 계시거든?"

부끄러운 마음에 설란이 슬며시 루하의 손을 뿌리치려 하지만 오히려 더 굳세게 설란의 손을 움켜쥐는 루하다.

"무림 황제를 손녀사위로 두게 생겼는데 이 정도는 너그러이 이해하시겠지."

"들었니?"

"안 들으려야 안 들을 수가 있나. 내 귀가 워낙에 밝아야
말이지. 뭐, 듣기 좋더만. 무림 황제. 좀 오글거리긴 했지
만. 흐흐흐."

第九章

또 뭐가 불만인 건데?

"이거 어째 더 늘어난 것 같군."

쟁천표국의 문을 넘으며 장청이 질리는 표정으로 양윤에게 말했다. 비단 장청만이 아니라 그의 뒤를 따라 들어오고 있는 표사들의 표정도 크게 다르지 않았다.

표행단이 북해에서 돌아온 지 두 달. 긴 여정의 피로를 풀 새도 없이 쟁천표국은 다시 일상으로 복귀했다. 그 사이 밀린 의뢰가 잔뜩이었던 것이다. 그리해 호북의 죽산(竹山)까지 두 달에 걸친 표행을 마치고 돌아오는 길, 쟁천표국의 문 앞은 물론이고 림현(臨縣)에서부터 이곳 흥현(興縣) 너머까지 쟁천표국의 본거지인 산서성 북서 땅은 아주 사람들로 득시글거렸다.

"대략 추산하기를 십오만 명 정도 된다 합니다."

"십오만? 허!"

양윤의 대답에 장청이 헛웃음을 터트렸다.

아니나 다를까, 그들이 표행에 나설 때보다 삼만 명이나 더 늘었다.

"어떻게 더 줄지 않고 늘 수가 있지?"

"물론 그때 있던 십이만 인파가 온전히 다 남은 것은 아닙니다. 단지 빠지는 것 이상으로 유입이 되었을 뿐이죠. 아무래도 북해빙궁의 영향이 큰 것 같습니다. 북해빙궁이 쟁천표국의 식객으로 와 있다는 소식을 전해 듣고 찾아오는 사람들이 아직도 하루 수백 명에 이르니까요."

"오면서 보니까 방산(方山) 쪽은 못 보던 장사치들까지 아예 터를 잡았더구만."

"아닌 게 아니라 인근으로 상당수가 이주해 왔습니다. 그 또한 빠른 속도로 꾸준히 늘고 있구요. 이대로 일이 년만 더 지나도 대규모 군락이 형성될 거라 하더군요."

"일종의 당가타 같은 게 만들어지는 건가?"

당가타라 하면, 스스로 사천당문의 신민이기를 자처하며 그 그늘 아래 터를 잡고 살아온 자들이 일궈 온 마을이다.

"그 비슷하긴 합니다만 규모 자체가 다르죠. 훨씬 더 크

고 본격적입니다. 심지어 조금 전에는 현천상단에서 제의
도 해 왔습니다."

"제의?"

"예. 표국 주위로 상권을 열고 싶은데 값을 충분히 쳐 줄
테니 땅을 팔라고, 그게 안 되면 빌려라도 달라고. 거기에
따른 지분은 충분히 지불하겠다고 하더군요."

"……"

고작 두 달 표행길을 떠나 있었는데 그 사이 루하도 쟁천
표국도 또 한층 거대해진 느낌이다.

하긴 새삼스럽지도 않다.

그가 루하를 처음 만났던 것이 팔공산에서였다. 그때만
해도 아무것도 가진 것이 없던 루하였다. 쟁천표국을 열었
을 때만 해도 의뢰가 들어오질 않아서 폐업까지 생각해야
하지 않았던가.

고작 오 년이었다.

그 오 년 동안 루하는 무림 황제가 되었고 일개 도적이었
던 그는 천하제일 표국의 총표두가 되었다. 이루어 온 것에
비하면 터무니없이 짧은 시간에 루하는 장청이 보고 듣고
믿는 세상마저 달라지게 만든 것이었다.

"그래서? 국주님은 뭐라시던가?"

"그게 아직…… 말씀을 드리지 못했습니다. 아직 손님을

만나고 계셔서."

"손님?"

"예. 종남파 장문제자께서 와 계십니다."

종남파 장문제자라면 진승이란 자로 신대정회의 회원이었다. 그렇다곤 해도 신대정회의 회원이 이곳까지 찾아오는 경우는 지금까지 한 번도 없던 일이었다.

"종남파 장문제자가 왜?"

"자세한 사정은 저도 듣지 못했습니다만…… 짐작 가는 것은 있습니다. 이게 처음이 아니라서요. 앞서 점창과 곤륜에서도 장문제자와 장로들이 다녀갔습니다."

"……?"

"장문 취임식이 있을 거라고, 국주님께 공증인이 되어 달라 했다더군요. 아마 종남의 장문제자도 같은 이유이지 않을까 생각됩니다."

양윤의 말에 장청이 이해가 안 된다는 듯 미간을 찡그렸다.

아직 장문직에 오르기엔 상황도 나이도 실력도 시기상조다. 언제고 새로운 장문을 세워야 할 테고 신대정회 회원들이 그 책무를 맡게 되는 거야 당연한 수순이지만, 십 년은 이르다 생각했기에 장청으로서는 양윤의 말이 갑작스럽다 못해 뜬금없기까지 했다.

"게다가…… 무슨 장문 취임을 약속이라도 한 듯이 이렇게 한꺼번에 한단 말인가?"

"북해에서 돌아오며 국주님의 위상이 한층 더 높아졌지 않습니까? 국주님을 향한 무림인들의 마음이 한창 뜨거워진 이때 국주님으로부터 장문 취임을 공증받게 된다면 그것만으로도 그들 문파의 이름을 다시 세우기에 충분한 동력이 된다 판단한 것이 아니겠습니까? 거기다 이참에 북해빙궁까지 취임식에 참가한다면 금상첨화겠죠. 삼절표랑이 공증을 서고 북해빙궁이 증인이 되어주었는데 장문인의 나이가 어리든 어떻든 실력이 부족하든 어떻든 어느 누가 감히 인정하지 않을 수가 있겠습니까. 다만 문제는…… 순서죠."

"순서?"

"오늘 와 있는 종남까지, 세 곳입니다. 어쩌면 앞으로 더 늘어날 수도 있죠. 어느 문파든 이 좋은 기회를 놓치고 싶지 않을 테니까요. 구대문파들 간에 섭외 경쟁이 붙은 겁니다. 국주님이 어느 곳을 먼저 가느냐에 따라서 그들 문파의 위상이 달라지고 서열이 갈라진다 해도 결코 과언이 아닌 상황이니까요."

"쉬운 일이 아니겠군. 어디를 먼저 가고 어디를 뒤에 갈지 순서 정하기가……."

"예. 상대가 구대문파고 이번 결정으로 그들 문파의 미래가 달라질 수도 있는 만큼, 아무리 국주님이라도 가벼이 결정할 수는 없으실 겁니다. 아마…… 골치깨나 아프시겠지요."

그렇게 말을 맺은 양윤이 멀리 루하가 있는 내원으로 시선을 던졌다. 그런 그의 얼굴에는 그다지 걱정하는 기색이 없었다. 오히려 어딘지 재밌어하는 듯도 하고 신나는 듯도 하다. 그건 장청도 크게 다르지 않아서 살짝 말려 올라간 입꼬리가 짓궂다.

"그렇군. 골치깨나 아프시겠군."

아무리 그들에게 최고의 세상을 보여 준 주군이라고 해도, 그래서 그를 위해서라면 목숨도 기꺼이 바칠 수 있다고 해도, 모름지기 직장 상사의 괴로움이 아랫사람에겐 한여름 무더위 속에 만나는 소나기와 같은 것은 그들에게도 크게 예외는 아닌 것이다.

*   *   *

"천천히 생각해 보죠. 초청장은 두고 가세요."

루하의 말에도 종남파 장문제자 진승은 쉽사리 자리를 뜨지 못한다. 이미 점창과 곤륜에서 같은 목적으로 그보다 한발 앞서 이곳을 다녀갔다는 소식을 들었다. 그런 만큼 이 자리에서 확실하게 답을 받고 싶었다.

종남파에 먼저 오는 걸로. 그리해 종남파와의 우의가 가장 깊고 강함을 만천하에 알려 주기를.

하지만 조를 수 없다.

저리도 귀찮아하는 기색을 팍팍 내고 있는데 괜히 조급히 굴다가는 일만 더 그르칠 수가 있다. 그럼에도 차마 엉덩이가 떨어지지 않아 미적이던 진승은 루하를 조르는 대신 준비해 둔 비장의 한 수를 꺼내 들었다.

진승이 눈짓을 하자 옆에서 조심히 기다리고 있던 종남파 장로 이적인(李積絪)이 보자기에 싼 물건 하나를 내민다.

"뭐죠?"

"흑혈도부(黑血刀夫)의 무극유심도(無極唯心刀)입니다."

진승의 눈빛이 회심에 차 있다.

정말 고민 끝에 고르고 고른 물건이었다. 강시의 내단 조각을 걸고 각 문파의 장서각을 털라고 했을 만큼 무공 비급에 대해 남다른 애착을 보인 루하라면 그의 마음을 사기에 무공 비급만큼 확실한 것도 없을 거라 판단하고, 종남파 장서각을 뒤지고 뒤져 그중 최고의 무공비급이라고 고르고 고른 것이 바로 이 흑혈도부의 무극유심도였다.

그런 만큼 자신했다.

이 무공비급이라면 분명 루하의 마음을 사로잡을 것이라고. 그리해 점창도 곤륜도 아닌, 종남파를 선택하게 될 것이라고.

그런데 어쩐 일인지 기대와 달리 반응이 시큰둥하다.

"그러니까 이게 뭐냔 말입니다. 이걸 받으면 종남파부터 공증을 맡아야 한다는, 뭐 그렇고 그런 뇌물입니까?"

"그, 그럴 리가요. 그저 그간 여러 가지로 도움받은 것이 많다 보니 어디까지나 감사의 의미로……."

혹시…… 이 무극유심도가 얼마나 대단한 무공인지 잘 몰라서 저렇게 시큰둥한 반응을 보이는 것일까?

"저기, 이 무극유심도로 말씀드릴 것 같으면……."

"아, 됐고. 그러니까 이걸 받아도 공증인이 되지 않아도 된다 이 말씀이죠? 어디까지나 감사의 의미니까?"

"아, 예. 그, 그렇죠."

진승의 어정쩡하게 고개를 끄덕이자 더 들을 것도 없다는 듯 대뜸 보자기를 집어 들어서는 서탁 옆 한편에 놓아둔다. 그제야 진승의 눈에 들어오는 물건들이 있었다.

그가 준비한 무극유심도와 같이 정갈하게 매듭을 묶은 비단 보자기 두 개.

'……'

그제야 루하가 희대의 무공 비급을 받고도 저리도 시큰

둔한 이유를 알았다.

처음이 아니었던 것이다. 점창과 곤륜에서도 그와 똑같은 생각을 하고 그가 준비한 것과 크게 다르지 않은 물건들을 이미 루하에게 선물한 것이었다. 아무리 희대의 보물이라 한들 엇비슷한 물건을 세 번이나 연달아서 받았는데 거기에 무슨 놀람이 있고 감동이 있겠는가 말이다.

완전히 잘못 생각했다.

신대정회의 회원이라면 누구라도 떠올릴 수 있는 선물이라는 것을 미처 간과해 버렸다. 그 바람에 하등 쓸모없는 허수를 둬 버렸다.

그러나 그걸 깨달았을 때는 이미 늦었다. 루하는 그에게 자신의 패착을 만회할 기회조자 주지 않았다.

"뭐하시죠? 아직 더 할 말이 남았습니까?"

다시 한 번 이어지는 축객령.

찰나 간 수많은 생각이 머릿속에 뒤엉켰다. 어떻게든 이 분위기를 반전시킬 만한, 뭔가 특별한 묘책이 필요했다. 하지만 무극유심도만 해도 몇 날 며칠을 고민 끝에 결정한 것인데 그 짧은 순간에 달리 무슨 특별한 묘책이 나오겠는가.

지금으로서는 떨어지지 않는 엉덩이를 떼어 루하의 심기를 불편하게 하지 않는 것만이 진승이 할 수 있는 최선이었다.

"어쩔 거야?"

설란이 루하의 앞에 놓인 세 개의 보자기를 쓱 훑으며 물었다.

루하가 되물었다.

"이 중에 어떤 게 제일 좋은 거야?"

"글쎄, 철응신조(鐵鷹神爪)의 창천비응절(蒼天飛鷹絶), 옥검불(獄劍佛)의 관음신검(觀音神劍), 그리고 흑혈도부의 무극유심도라면 우열을 가리기가 쉽지 않지. 하나같이 한 시대를 풍미했던 절세의 무공들이니까."

"음…… 넌 어디가 좋을 것 같은데?"

"이건 나한테 물을 일이 아냐. 네 결정에 따라서 구대문파의 미래가 달라지는데 내가 어떻게 함부로 말을 할 수 있겠니. 더구나…… 하필이면 날짜까지 겹쳐서……."

"그러니까 말이야. 이것들이 사람 곤란하게 왜 하필 날짜까지 다 엇비슷하게 정해? 한 곳에 가면 다른 두 곳은 아예 걸러야 하는데, 자칫하면 두고두고 원망 듣게 생겼잖아."

"특별히 더 마음이 가는 곳은 없니? 신대정회를 통해서 꽤 얼굴을 익혔잖아."

"없어, 그딴 거. 체질적으로다가 그런 도련님들이랑은 애초에 맞지가 않는단 말이지."

그 바람에 고민만 깊어진다.

하지만 아무리 고민해 봐도 이렇다 할 마땅한 답이 나오지가 않아 골치까지 지끈거려 온다. 그리해 루하가 내린 결정은,

"안 가."

였다.

"안 가다니?"

"점창이고 곤륜이고 종남이고 간에 공평하게 아무데도 안 갈 거야."

"그렇게 간단히 생각할 일이 아냐. 이번 일은 귀찮다고, 골치 아프다고 회피할 수 있는 일이 아니라고. 이유 없이 불참한다면 정중히 청을 해 온 그들에겐 오히려 더 큰 무례가 되고 굴욕이 된단 말이야."

"이유야 당연히 있지."

"그게 뭔데?"

"혼례식."

"뭐?"

"전에 말했잖아. 중원으로 돌아오는 대로 결혼하자고. 그러니까 그냥 이참에 우리 결혼이나 하자. 그럼 지들도 군말 못 하겠지. 세상 천지에 인륜지대사보다 더 중한 일이 어디 있겠어? 안 그래?"

그리해 강호에 기분 좋은 소식이 전해졌다.

삼절표랑과 무림일화가 혼례를 올린다!

반응은 다양했다.

'어? 그 두 분 아직 혼례도 안 치렀던 거야?'

'혼례도 안 치르고 같이 살았다고? 남녀가 유별한데 어찌 그런……'

'아무렴 명망 높은 의선가의 장녀께서 행동거지를 그리 경솔히 했을까. 그냥 같이만 살았겠지. 뭘 그렇게 비딱하게 생각해?'

'순진하긴. 남녀가 한집에서 같이 지내다 보면 눈도 맞고 살도 부비고 뭐 그러는 게 자연스러운 이치지.'

'그런들 또 어떤가? 순서는 바뀌었지만 이제라도 혼례를 치르면 된 거지.'

오해로 시시덕거리며 농지거리를 하는 사람들이 있는가 하면,

'듣기로는 무림일화 예 소저의 머리가 그렇게 비상할 수가 없다더군.'

'의선가의 장녀신데 말해 뭣하겠는가? 의학은 물론이고 무공이면 무공, 진법이면 진법, 박학하기가 만박신통 뺨을 후

려칠 정도에 산법으로는 귀산자와도 겨룰 정도라 하더구만.'

'이햐! 두 분 사이에 어떤 아이가 태어날지 벌써부터 궁금해지네. 삼절표랑의 무공에 무림일화의 두뇌를 물려받으면 대체……'

'말해 뭣하겠는가. 탯줄을 끊자마자 산을 날려 버릴지도 모른다고. 하하하.'

앞서나가며 제멋대로들 기대감을 드러내기도 했으며,

'어쨌든 경사로군, 경사야! 중원 무림에 이보다 더한 경사가 또 어디 있겠는가.'

'그렇지. 경사지, 경사야. 강시에 구대문파 장문인들의 참변 소식에, 거기다 요즘은 무림인들의 실종 사건까지…… 온통 역한 피비린내만 가득했는데 참으로 반가운 대경사가 아닌가!'

더러는 그렇게 마냥 즐거워하며 두 사람의 혼인을 축복하기도 했다.

특히 쟁천표국 주위로 그 일대에 몰려든 십오만 명의 무림인들은 마치 제 집안의 경사처럼 밤새 술잔을 기울이며 축배를 들기도 했다.

혼례까지는 아직도 한참이나 더 남았건만, 반드시 직접 그 눈으로 혼례식을 보겠다며 누구 하나 돌아갈 생각을 하지 않았다. 그 바람에 골목골목마다 장사진이다. 기존에 있던 십오만 명에 새롭게 혼례식 구경을 하려고 합류한 구경꾼들이 더해지자 인근 마을 전체가 그야말로 발 디딜 틈새 없이 북새통이다. 마치 지난날 폭주 강시를 피해 사천성 문 앞에 모여들었던 피난민들을 방불케 할 정도였다.

물론 혼례일에 맞춰 쟁천표국으로 몰려드는 것은 비단 구경꾼들만은 아니었다.

"누가 왔다고요?"

"진천왕야께서 오셨습니다."

양윤의 대답에 루하가 재차 물었다.

"왕야가 직접요?"

"두 분 사위분도 같이 오셨습니다."

두 분 사위라면 사천성주 이덕량과 금의위 지휘사 곽정이다.

그 공사가 다망하신 분들께서 그의 결혼을 축하하고자 친히 이 먼 곳까지 왕림하셨다는 것이다.

"가서 인사를 드려야 하지 않겠습니까?"

명색이 이 나라 황실의 최고 어른이자 오히려 황제보다도 존귀하다는 분이 친히 그의 결혼을 축하하고자 왔다는데, 당연히 찾아뵙고 인사를 드려야 했다.

"인사드리러 같이 갈 거지?"

루하가 설란의 눈치를 살피며 조심스럽게 물었다.

"그래야지."

어쩐 일인지 루하의 물음에 퉁명스러운 표정으로 고개를 끄덕이는 설란이다.

결혼을 하자고 한 날부터 줄곧 이 상태다. 여자들은 정인으로부터 청혼을 받으면 그렇게 행복할 수가 없다는데 얘는 왜 그날부터 심사가 뒤틀려 있는 건지 도무지 모르겠다.

그 바람에 영문도 모른 채 자꾸 눈치만 보게 되는 루하다.

"뭐해? 안 가? 인사드리자며?"

설란이 먼저 자리에서 일어서며 루하에게 여전히 퉁명스러운 말투로 묻는다.

"아, 가. 가야지."

설란이 먼저 앞장을 서고 루하가 그 뒤를 따른다.

불편하다.

그냥 이렇게 같이 걷고 있는 것만으로도 숨이 턱턱 막힌다.

도저히 못 참겠다.

"대체 왜 그러는데?"

루하가 참다못해 설란의 앞을 막아서며 물었다.

"뭐가?"

여전히 시큰둥한 태도.

"대체 뭐가 문제인 거냐고. 내가 청혼을 한 후로 줄곧 심사가 꼬여 있잖아, 너."

"몰라서 묻니?"

"모르니까 묻지. 혹시 뭐 그런 거야? 여자들은 혼례식을 앞두고 예민해지고 우울해진다던데, 너도 지금 그런 상태야?"

정말로 궁금해서 물은 거지만 돌아오는 것은 한층 더 싸늘해진 눈빛이다.

그 싸늘한 눈빛에 다시금 목을 움츠리는 루하지만 이번 만큼은 그 눈빛을 피하지 않았다.

"그런 게 아니면 대체 뭔데? 내가 뭘 잘못했는데 그렇게 화가 난 거야? 아무리 생각해도 난 그냥 청혼을 한 것뿐인데……."

"세상 천지에 청혼을 그렇게 하는 사람이 어디 있니?"

"……그렇게라니?"

"어느 취임식에 갈지 정하기가 골치 아프니까 그냥 이참에 결혼이나 하자니? 그걸 청혼이라고 한 거니? 청혼을 그렇게 성의 없이 받고 좋아할 여자가 어디에 있어?"

"……."

그제야 설란이 화난 이유를 알게 되었다. 알게 되긴 했지만, 그래도 이해가 안 되는 건 마찬가지다.

"겨우…… 그거였어?"

"겨우 그거라고?"

"이미 북해에서도 청혼은 했고, 게다가 난 나대로 충분히 성의를 가지고 말한 거거든? 아무려면 진짜로 취임식 때 어디 갈지, 그거 정하기 싫어서 너한테 결혼하자 했겠어? 어차피 결혼할 거 겸사겸사 골칫거리도 정리하자는 거였지. 난 또 뭐라고. 난 진짜 뭔가 대단히 큰 잘못이라도 한 건가 했네. 고작 그런 걸로 여태까지 꽁해 있을 줄은 진짜 상상도 못 했다."

그동안 그날의 일을 수천 번도 넘게 떠올려 보며 내내 조마조마했던 마음이 한결 가시자 저도 무르게 안도하며 주저리주저리 떠드는 루하다. 그 바람에 그럴수록 정작 딱딱하게 굳어 가는 설란의 표정을 살피지 못했다.

"안 해!"

설란의 목소리가 날카롭게 고막을 파고들어서야 흠칫 하며 설란을 본다.

"뭘 안 해?"

"이 결혼, 안 한다고!"

그러고는 홱 돌아서는 설란이다.

"야, 어딜 가? 왕야한테 인사드리러 안 가?"

"인사는 너 혼자 드리세요. 나 이 결혼 안 한다니까!"

정말로 그럴 생각인지 성큼성큼 뒤도 돌아보지 않고 그 자리를 떠나 버린다.

루하로서는 그런 설란이 그저 황당하다.

"도대체 왜 저래? 또 뭐가 불만인 건데?"

"그래서 신부도 없이 혼자 왔다고?"

진천왕 주세양이 어이없어하며 루하를 본다.

"이제 와서 나랑 결혼 안 하겠다잖습니까. 말이 됩니까, 이게? 우리가 혼례를 치른다는 걸 온 천하가 다 아는데 고작 청혼이 맘에 안 든다고 혼사를 틀어 버리겠다니. 도대체가 여자들이란 알다가도…… 근데 왜 절 그런 눈으로 보십니까?"

아닌 게 아니라 지금 주세양은 '뭐 이런 바보가 다 있나?' 하는 눈으로 루하를 보고 있었다.

그리고 툭 던지는 말.

"파혼당해도 싸군."

그 말을 이덕량이 받는다.

"파혼당해도 싸죠."

심지어 곽정마저 거기에 동조하며 고개를 끄덕인다.

"세 분도 제가 그렇게 큰 잘못을 저지른 거라 생각하시는 겁니까?"

루하가 심히 억울하다는 표정으로 묻자 이덕량이 대답했다.

"아직 거기에 목이 붙어 있는 게 천운일 정도죠."

"그게 무슨…… 내가 죽을죄를 지은 것도 아니고……."

"죽을죄를 지은 겁니다. 제 마누라 같았으면 저를 오체분시해서 물고기 밥으로 던져 줬을 겁니다."

"……."

"그러지 말고 가서 빌게나. 근사하게 청혼도 다시 하고. 그러지 않으면 무사히 혼례를 마친다고 해도 평생 두고두고 보복을 당할 것이네. 무릇 여인의 마음이란 실타래와 같아서 그 마음이 꼬이면 잘라 내기 전에는 풀 수가 없는 법이지. 그리고 비틀린 마음은 또한 실타래처럼 길고 길게 자네를 괴롭힐 테고."

듣고 있자니 뭔가 등허리가 서늘하기도 하고 또 새삼 자신이 죽을죄를 짓긴 지은 건가 다시 생각해 보게 된다.

"아, 몰라. 알 게 뭐야. 그건 그렇고…… 여기까진 어떻게 오신 겁니까?"

"어떻게 오긴? 자네 혼사를 축하해 주러 왔지."

"너무 일찍이잖습니까? 아직 혼례까지는 한 달이 넘게 남았는데?"

"내가 이번에 서문가를 싹 정리했거든."

"예? 그럼 숙청이라도 하신 겁니까?"

"숙청까지는 아니고, 태사가 죽었지."

태사라면 서문가의 수장으로 주세양과는 첨예하게 대립해 온 오랜 정적이었다.

"결국 죽인 겁니까?"

"죽인 게 아니라 죽은 거지. 아무렴 이 내가 정적을 고작 칼로 도려 낼 만큼 그릇이 작은 사람이겠는가?"

"그럼요?"

"그냥 죽었어. 그럴 나이가 되어서. 풍문에는 복상사였다는 말도 있긴 하던데, 얼마 전에 젊은 첩을 하나 들이기도 했고. 하긴 어떻게 죽었든 그거야 상관없는 일이지. 중요한 것은 태사가 죽었다는 것이고, 그래서 난 힘 하나 들이지 않고 조정의 중요 요직에서 서문가의 사람들을 모조리 축출할 수 있었다는 거지."

그렇다는 것은 이제 전국이 주세양의 천하가 되었다는 뜻이었다.

"그래서 어찌하실 생각이십니까? 직접 황제의 자리에 오르기라도 하실 겁니까?"

"글쎄…… 여기에 당도하기 전까지만 해도 그럴 생각이 아직 없었는데 말이야, 한데 여기 와서 자네에 대해 듣고 나니 생각이 조금 달라지긴 해. 사람들이 자네를 이젠 아예 무림 황제라고 부른다지?"

황제라는 호칭은 그 자체로 역모가 될 수도 있었다. 하지만 루하를 향하는 주세양의 눈빛에는 추궁도 질타도 없었다.

"자네와 급을 맞추려면 나도 황제라는 직함은 있어야 하지 않을까 하는 생각이 들더란 말이지. 모름지기 우정이 순수해지려면 급이 맞아야 하는 법이거든. 뭐 그건 차차 생각하기로 하고, 내가 여기에 온 건 어디까지나 자네 혼례를 축하하기 위해서라네. 이렇게 일찍 온 건 겸사겸사 이 참에 푹 좀 쉬다 가려는 것이고. 거의 반백 년을 이어온 싸움을 끝마쳤으니 나도 이제 좀 쉬어도 되지 않겠는가? 그동안 고달프게 달려온 내게 주는 선물인 셈이지."

스스로가 대견한 듯 유쾌한 미소를 떠올리는 주세양과는 달리 루하는 탐탁지 않은 기색을 드러냈다.

"그러니까 혼례식이 끝날 때까지 여기 계시겠다는 겁니까?"

"왜? 싫은가?"

"싫은 게 아니라 불편해서 그럽니다. 집안에 계획에도 없던 상전 하나를 두게 생겼는데 당연히 좋을 리도 없구요."

"자네의 눈에 내가 상전으로 보이긴 하는 겐가?"

"아무렴, 마음만 먹으면 황제도 되실 분인데 상전으로 보이지 않을 리가 있습니까? 지금 제가 제일 무서워하는 게 바로 왕야십니다. 수틀린다고 백만 대군이라도 몰고 오면 어쩝니까? 그거 다 때려죽일 수도 없는 노릇이고, 천상 중원을 떠날 수밖에 없을 텐데……."

"걱정 말게. 좀 건방지고 좀 무례해도 자네에 대한 내 마음은 굳건할 것이니 말이야. 자네야말로 내게 무서운 존재지. 수틀리면 백만 대군인들 자네를 막지 못할 테니까. 그러니 나는 자네에게 상전이 아니라 철저히 동등한 관계일 수밖에 없네. 서로가 어렵고 또한 서로가 아쉬울 것이 없으니까."

주세양의 말을 듣고 있자니 급이 맞아야 우정도 순수해진다는 말이 조금은 이해가 가기도 한다.

"아무튼 난 전혀 신경 쓰지 말고 자네는 그냥 늘 하던 대로 자네 볼 일을 보시면 되네. 나는 나대로 휴식도 취하고 이참에 민심도 살피고 할 터이니…… 그렇다고는 해도, 혼례식 전에 신부 인사는 받고 싶으니 그건 좀 잘 처리해 주면 고맙겠군."

第十章

그놈인가?

　"전혀 신경 쓰지 말라면서 주문은 더럽게 어려운 걸 시키네."

　주세양을 만나고 나오는 길, 루하가 곤란한 표정을 하고는 투덜거린다.

　지난날 공식 책봉을 받기 위해 북경에 갔을 때 서로 얼굴도 충분히 익혔는데, 굳이 혼례식 전에 신부 인사를 따로 받을 필요가 뭐가 있단 말인가?

　주세양의 짓궂은 요구가 영 마뜩지가 않은 루하지만, 사실 그의 요구가 아니라도 어차피 토라진 설란의 마음을 풀어주긴 풀어 줘야 했다.

'문제는 어떻게 풀어 주냐는 건데……'

이런 문제에 루하는 아주 젬병이다. 한 집에서 같이 산 지 오 년이 넘었지만, 웬만한 일에는 다 너그럽게 넘어가던 그녀가 혼례마저 치르지 않겠다 할 정도로 단단히 삐친 건 생소하다 싶을 만큼 드문 일이어서 면역력이 아예 없다시 피 했다. 어떻게 대처를 해야 할지 모르겠다. 아니, 사실을 말하자면 결혼이나 하자 한 게 그렇게나 삐질 일인 건지 아 직도 이해가 안 된다.

'아주머니라도 찾아가 봐야 하나?'

당장 조언을 구할 만한 사람으로 뇌리에 떠오르는 것은 양윤의 처 이씨 부인뿐이다. 이씨 부인이라면 뭔가 해결책 을 알려주지 않을까 하는 생각이 들었다. 그래서 양윤의 집 으로 가기 위해 표국을 나서려는데, 막 표국의 문을 열려고 할 때였다.

"꺄아아!"

밖에서 여인의 날카로운 비명이 들렸다.

아니, 그건 비명이 아니었다. 환호에 더 가까웠다. 그리 고 하나로 그치지 않았다.

"꺄아아! 저 얼굴 좀 봐. 사내가 어찌 저렇게 예쁠 수가 있어?"

"어쩜! 어쩜! 얼굴은 또 왜 저렇게 작아? 저 작은 얼굴에

눈코입이 어떻게 다 들어가 있지?"

"그냥 들어가 있는 게 아니잖아. 눈은 어쩜 저렇게 깊어? 코는 또 어찌 저렇게 반듯하고 높아? 입매는 앵두네, 앵두야. 죽은 옥면금선이라도 저 사내에 비할 바가 아니네. 달빛과 반딧불이만큼이나 저 사내는 격이 달라. 격이."

"아! 어쩜 좋아? 나 저 사내를 보고 있으니 정신이 혼미해지고 숨을 못 쉬겠어."

이게 다 무슨 소란인가 싶었다.

그도 지금껏 저런 찬사는 받아보지 못했다. 감히 자신의 집 앞에서 뭇 여인들로부터 저런 찬사를 받고 있는 재수 없는 작자가 대체 누구란 말인가?

호기심과 질투심에 신경질적으로 문을 열었다.

그리고 보았다.

찬란하게 쏟아지는 햇빛을 받으며 백마 위에서 그보다 더 화려한 존재감을 빛내며 다가오고 있는 사내.

체격은 사내치고는 왜소하지만 정말이지 그 얼굴만큼은 뭇 여인네들의 방심을 뒤흔들다 못해 심장을 쥐어짜는, 잔인하고 사악하다 싶을 만큼 아름답고 신비로운 사내가 시야 가득 들어온다.

그런데, 그도 익히 아는 얼굴이다.

'처남……?'

그랬다.

뭇 여인네들이 가쁜 숨을 토하며 뜨거운 눈빛을 보내고 있는 그 사내는 루하의 처남이자 설란의 동생이며 또한 의선가의 장자인 예천향이었던 것이다.

그때였다. 루하가 얼떨떨해하며 예천향을 보고 있는 그때 마침 예천향의 눈길도 루하에게 이르렀고 그 순간,

"매형!"

단번에 백마 위에서 뛰어내려 루하의 품으로 달려든다.

크게 새삼스럽지는 않다. 그 사이 더러 의선가에 들를 때도 있었고 그럴 때마다 예천향의 이 같은 반응이야 늘 한결같았으니까. 다만 지금은 보는 시선이 너무 많았다. 더구나 같은 사내 둘이 반가움의 포옹을 한 것일 뿐인데 저 질투 어린 시선들은 대체 뭐란 말인가?

어제까지만 해도 저 여인네들의 시선은 언제나 그를 향해 있었고 그녀들의 방심 또한 그를 향해 뛰었었다. 동경과 추파가 뒤섞여서 자신에게 끈적끈적한 시선을 보내던 여인들이 예천향의 얼굴 하나에 저토록 손바닥 뒤집듯 안면 몰수하는 것을 보니 사람의 마음이 간사한 건지 여인의 마음이 한없이 가벼운 갈대인 건지 모르겠다.

'이렇게 또 인생사 무상함을 느끼게 되는구만.'

노골적으로 질투를 보내오는 시선들에서 배신감까지 느

낀 루하는 예천향을 데리고 들어와 쟁천표국의 문을 닫아 걸고는 짜증스럽게 물었다.

"여긴 어떻게 온 거야?"

"어떻게 오긴요? 당연히 두 분 혼례식 때문에 왔죠."

"너 혼자?"

"할아버지랑 아버진 환자들 때문에 혼례식 전날에나 겨 우 맞춰서 오실 수 있을 거예요."

하긴, 간단히 자리를 비울 수 있는 처지들이 아니다. 사 실 그 때문에 아예 혼례식을 의선가에서 치르는 게 어떨까 하는 생각도 했지만, 오히려 환자들에게 피해를 줄 수가 있 다는 생각에 포기했다.

그들의 입장을 충분히 이해한다는 의미로 두어 차례 고 개를 끄덕인 루하가 책망하듯 물었다.

"근데 넌 왜 이렇게 안 크냐? 어떻게 된 게 오 년 전이나 지금이나 달라진 게 없어?"

"예? 저 많이 컸는데요? 키도 한 뼘이나 더 자랐어요!"

예천향이 심히 억울하다는 듯 울상을 짓는다.

물론 키가 오 년 전보다 자라긴 했다. 하지만 병마에 시 달리다 보니 오 년 전에도 또래에 비해 체구가 한참이나 작 았기에, 한 뼘을 더 컸다 해도 작고 왜소해 보이긴 마찬가 지였다.

"환골탈태까지 했으면 뭔가 성장이 남달라야 하는 거 아냐? 나처럼 어깨도 떡 벌어지고 골격도 사내답게 다부져지고. 근데 어떻게 된 게 넌 나날이 더 예뻐지는 거냐? 징그럽게."

"제, 제가 징그러워요?"

"사내가 사내다운 맛이 있어야 할 거 아냐."

루하의 괜한 화풀이에 큰 상처라도 받은 듯 이젠 아예 눈물까지 글썽이는 예천향이다. 그 눈망울을 보자니 아차 싶다.

지금껏 내색은 안 했지만 자기 딴에는 상처였을 수도 있다. 누구보다도 더 건장하고 강건한 사내가 되고 싶어 했던 예천향이다. 듣는 입장에서 심히 재수 없게도 '내 얼굴은 왜 이 모양일까요?'라며 그에게 푸념을 늘어놓은 적도 있었다.

이 마성의 미소년도 자기가 미소년이고 싶어서 미소년이 된 건 아닌 것이다.

어쩌면 건드리지 말아야 할 상처를 건드렸을지도 모른다는 생각이 들어 괜히 미안했다.

"아니, 저기 내말은……."

그래서 뭐라 달래는 말을 하려는데,

"너 향이는 왜 또 괴롭히는데?"

뒤에서 갑자기 날 선 목소리가 들려왔다.

화들짝 놀라서 돌아보니 설란이 아까보다도 더 화가 난 눈빛으로 그를 사납게 노려보고 있었다.

루하가 당황해서 급히 손사래를 쳤다.

"아, 아냐. 괴롭히긴 누가 누굴 괴롭혀? 괴롭힌 거 진짜 아냐."

"아니긴 뭐가 아냐. 네가 향이한테 징그럽다고 말하는 거 내가 지금 똑똑히 들었는데. 어떻게 사람 면전에 대고 그런 말을 할 수가 있니? 더구나 천향이가 널 얼마나 좋아 하는지 뻔히 알면서?"

"아, 글쎄 괴롭힌 거 아니라니까. 그냥 애가 환골탈태를 했는데도 골격이 제대로 크지를 않으니까 걱정되는 마음 에……."

"넌 무슨 걱정을 애 가슴에 대못을 박으면서 하니? 아니 면 설마 내가 결혼 안 하겠다고 한 것 때문에 나 대신 향이 한테 화풀이라도 한 거니?"

"뭐? 야. 아무렴 내가……."

"아, 됐어. 향아, 이리 와."

설란은 루하가 다시 뭐라 변명을 할 틈도 주지 않고 예천 향의 손을 잡고 내원으로 들어가 버렸다.

그로 인해 혼자 남아서 설란과 예천향이 사라진 방향을

멀거니 바라보는 루하다. 그러다 얼굴을 팍 구긴다.

"아, 놔. 결혼 한번 할랬더니 뭐가 이렇게 꼬여?"

화를 풀어 줘도 모자랄 판에 화만 더 돋우고 말았다. 이러다간 정말이지 혼례식장에 혼자 들어가는 사태가 빚어질지도 모른다.

곤혹스럽다 못해 당혹스럽다.

그런 한편으로는 오기가 치밀기도 한다.

"흥! 아무리 죽다 살아나서 더 특별하고 애틋하다고 해도 그렇지, 앞뒤 따지지도 않고 다짜고짜 화부터 내고 말이야. 이거 편애가 너무 심하잖아. 동생 예뻐하는 반만 날 생각해 줘 봐. 어디 결혼 안 하겠다는 말이 나오나. 아, 됐다 그래. 관두자고, 관둬. 나도 하나도 아쉬울 것 없다, 이거야!"

*　　　*　　*

무겁다.

배 위에 느껴지는 묵직함.

'뭐지?'

답답하다.

온몸을 옥죄는 압박감.

'뭐야?'

불쾌하다.

살결에 느껴지는, 미묘하게 기분 나쁜 훈기.

'뭐냐고!'

가위에라도 눌린 듯한 감각에 결국 떠지지 않는 눈꺼풀을 들어 올렸다.

"……."

가위에 눌린 줄 알았는데 눈을 떠도 무겁고 답답하며 불쾌한 느낌은 조금도 가시지 않는다. 그도 그럴 것이 배 위에 올려진 크고 두꺼운 다리며 가슴과 팔을 옥죄는 단단한 팔, 그리고 귓불과 목선을 간질이는 뜨거운 입김까지……

그것은 가위가 아니라 현실이었던 것이다.

더구나 한 사람의 것이 아니었다.

좌로는 북해빙궁주 교극천에 우로는 마성의 미소년 예천향이다.

'이게 무슨 극과 극 체험도 아니고…….'

성향도 생김도 천양지차인 두 사내가 그를 한 몸처럼 부둥켜안고 있다. 침소를 침범당하는 거야 특별할 것도 없는 일상이다. 물론 두 사내에게 동시에 범해지기는 처음이지만 그래 봤자 두 배의 귀찮음과 두 배의 짜증이 더해지는 정도일 뿐이다.

루하는 일단 그 순간에도 자신의 목에 뜨거운 입김을 불어 대고 있는 예천향의 얼굴부터 치웠다. 그런 다음 배를 묵직하게 짓누르는 교극천의 다리를 걷어 내고, 가슴과 팔을 단단히 옥죄고 있는 그의 팔도 떼어 냈다.

그렇게 홀가분해져서 상체를 일으킨 루하가 슬쩍 예천향을 본다.

세상 근심 없이 참 곱게도 잔다.

그 근심 없는 얼굴을 보고 있자니 새삼 어제의 일이 떠오른다.

'하필이면 그때 와서는 일만 더 꼬이게 만들고 말이야.'

물론 뭇 여인네들의 사랑을 한 몸에 받고 있는 것이 질투나서 말을 심하게 한 그의 잘못이긴 했지만, 그래도 괜히 밉고 원망스럽다.

마음 같아서는 아주 피가 나도록 볼을 꼬집어 주고 싶었지만 관뒀다. 솔직히 후환이 두렵다. 여기서 더 설란의 성질을 건드릴 용기가 없었다.

'그건 그렇고…… 밖은 또 왜 이렇게 부산스러워?'

아직 날이 밝으려면 한 시진은 더 있어야 하건만 이상하게 이 새벽 나절부터 침소 밖이 여러 기척들로 소란스럽다.

의아해하며 밖으로 나왔다. 그런 루하의 시야에 들어온 것은 시녀들이었다. 표국에 있는 시녀란 시녀들은 죄다 몰려온 것 같았다.

이유야 뻔했다.

다들 새벽에 눈뜨기가 무섭게 예천향을 보러 온 것이다. 아니, 어쩌면 아예 잠도 자지 않고 밤새 거기에 있었는지도 모른다.

다시금 올라오는 배신감.

'어제까지만 해도 나한테 보내던 그 끈적끈적한 눈빛은 어디다가 내다 버린 건데?'

그가 기분 나쁜 것은 단지 어제까지 그에게 보내던 끈적끈적한 눈빛이 침소 안의 예천향을 향하고 있다는 것 때문만이 아니었다. 침소 안에서 느껴진 기척에 혹시 예천향이 나오는 건 아닐까 잔뜩 기대라도 했던 건지, 침소에서 나오는 인형이 루하임을 확인하고는 반사적으로 드러내는 노골적인 실망감들이 그를 더욱 기분 나쁘게 했다.

'내가 이래 봬도 이 집 주인인데…… 저게 주인을 대하는 태도냐고!'

여러 가지로 꼬인 심사에 눈을 부라리며 시녀들을 노려보던 루하가 순간 흠칫했다.

시녀들 속에 생각지 못한 얼굴 하나가 있었기 때문이다.

"교…… 각주?"

북해빙궁 검각의 주인이자 교극천의 딸 교위연이다.

당연히 자신의 아비를 보러 온 것일 리가 없다. 그런 눈빛도 아니다. 지금 교위연의 눈도 시녀들의 그것과 조금도 다르지 않았다. 심지어 그를 향해 보내는 노골적인 실망감마저도 똑같았다.

'아주들 난리가 났네, 난리가 났어.'

역시 '남자는 능력!'이라는 말은 다 개소리인가 보다.

'뼛골 빠지게 일해서 성공해 봐야 얼굴 반반한 놈한텐 안 되는 거지.'

그가 일했던 청루의 기녀들만 해도 물주 앞에서는 헤픈 웃음을 흘리며 몸을 팔았지만, 정작 그렇게 번 돈은 얼굴 반반한 기둥서방 주머니에 다 들어가곤 했다.

하물며 예천향 같은 마성의 미남자라면 오죽할까.

저 여인네들의 심정이 십분 이해가 가는 한편으로, 설란이 예천향의 친누이인 게 천만다행이란 생각이 든다.

어쨌거나 아직도 노골적인 실망감으로 자신을 보고 있는 시녀들의 시선이 불편하고 불쾌한 루하다.

'궁에서 교육받은 일급 시녀들이라더니 아주 공사 구분도 못 하고 말이지.'

루하가 시녀들을 향해 짐짓 엄하게 눈을 부라리자 그제야 현실로 돌아와서는 후다닥 자리를 뜬다. 그리해 교위연만이 덩그러니 남은 곳으로 루하가 걸음을 옮겼다.

"일찍…… 기침하셨네요?"

교위연이 먼저 말을 걸어왔다.

"교 각주님이야말로 일찍 일어나신 것 같습니다만?"

그렇게 반문하며 의미심장하게 입꼬리를 말아 올리자 교위연이 얼굴을 붉히며 눈 둘 곳을 찾지 못한다. 그 모습을 보자니 순간 짓궂은 마음이 들어 다시 물었다.

"혹시 궁주님을 찾아오신 겁니까? 아니면…… 우리 처남을?"

루하의 물음에 아니나 다를까 더욱 당황해서 고개를 푹 떨어뜨리는 교위연이다.

루하는 잔인했다.

"하긴, 우리 처남이 워낙에 미남자긴 하죠. 처남을 보고도 마음이 흔들리지 않는다면 여인이라 할 수 없을 정도니까. 하지만 그 마음, 일찌감치 접는 게 좋을 겁니다. 세상 여인들에겐 참 불행한 일이지만 처남은…… 나밖에 모르거든요."

교위연을 놀리듯 던진 말이었다. 그녀의 속마음을 대놓고 까발렸으니 당연히 더 당황하고 부끄러워할 줄 알았다. 그런데 그 순간 떨어뜨렸던 고개를 바짝 치켜들며 루하를 올려다보는 눈빛이 사뭇 도전적이다.

"어떻게…… 그럴 수 있죠?"

"……?"

"사내가 어떻게 사내를 더 좋아할 수가 있는 거죠? 혹시 저 공자님도 저희 아버님처럼 어떤 병을 앓고 계셨던 건가 요? 그래서 조화지기로 환골탈태를 시키신 건가요? 그래 서…… 저희 아버님처럼 그 후유증을 앓고 계신 건가요?"

"……."

조화지기에 대해서는 알아도 귀소본능에 대해서는 모르 는 교위연이다. 조화지기로 빙기를 치료했다는 것은 알아 도 그 과정에서 환골탈태가 있었다는 것은 모른다. 그런 그 녀가 마치 손바닥 보듯 그 내막을 상세히 알고 있자 잠시 당황한 루하다. 하지만 다시 생각해 보니 그리 놀랄 일이 아니다.

교극천의 루하에 대한 비정상적인 집착이 조화지기로 빙 기를 치료한 직후부터라는 걸 알고 있는 그녀였다. 영민하 고 사리 판단이 빠른 그녀라면 그 사실 하나만으로도 그 모 든 사실을 유추해 내는 것이 그리 어렵지는 않았을 것이다.

얼굴에서 잠깐의 당황을 지운 루하가 이내 고개를 끄덕 였다.

"그렇습니다. 모든 게 다 조화지기로 인한 후유증 탓이 죠."

"그래서요? 그 후유증은 언제 사라지는 거죠?"

그 눈빛이 절박하다. 그건 비단 예천향 때문만은 아니다.

그녀의 아비에 대한 걱정이 더 컸다. 왜 아니 그렇겠는가. 그녀에게만큼은 세상에서 가장 강한 아비였다. 천 년을 이어온 구태를 부수고 북해에 새로운 질서를 세운 그 크고 높은 거인이 밤이면 밤마다 남정네의 침소를 찾고 있으니, 내색은 안 했지만 그녀에겐 하늘이 무너진 것이나 다름없었다.

그 절박한 눈빛을 보며 루하도 사뭇 진지하게 대답했다.

"모친께도 이미 누차 말씀을 드린 거지만, 고칠 방법은 없습니다."

애초에 그걸 고칠 방법이 있었다면 루하도 밤이면 밤마다 찾아오는 저 불쾌한 밤손님들을 저대로 내버려 두지도 않았을 것이다.

"그럼 제 아버지는 당신의 의지와는 상관없이 대협께 평생을 묶인 채로 살아야 한다는 건가요?"

"그렇습니다. 당신 아버지는 지금처럼 제게 평생을 묶인 채로 살게 될 겁니다."

교위연에게도, 그녀의 모친인 은소소에게도, 그리고 예천향의 마성에서 헤어나지 못하는 뭇 여인들에게도 참 안타까운 노릇이지만 이미 귀소본능은 불치병이다. 동생을 귀소본능으로부터 해방시키겠다며 수년을 연구에 매달린 설란이 결국 포기하고 체념한 순간부터 그것은 이미 불치

병이 되어 버렸다. 그리고 그에겐 '팔자'가 되어 버렸고.

'그러니 너무들 날 원망하지 말라고.'

교위연이, 은소소가, 그리고 뭇 여인네들의 그 갈 곳 잃은 마음들이 가엾다 한들,

'아무렴 밤마다 남정네들과 뒹굴어야 하는 내 팔자만 하겠냐 말이지.'

교위연이 차마 미련을 끊지 못하는 표정으로 입술을 달싹인다. 하지만, 루하의 여지없이 단호한 표정에 차마 입을 떼지 못하고 입술을 잘근 깨문다. 그러다 힘들게 꺼내놓는 마지막 질문은 교극천에 대한 걱정이 아니었다.

"그럼…… 거기에 한번 묶이면 평생 여인과는 사랑도 하지 못하게 되는 건가요?"

그것은 예천향에 대한 명백한 사심이었다.

그런 사심이 부끄러운 듯 양 볼에 홍조를 띠는 모습이 귀여워서 친절하게 대답해 주었다.

"그렇진 않을 겁니다. 나에 대한 마음과 이성에 대한 마음은 전혀 다른 종류인 것 같으니까."

교극천만 보더라도 시간이 지나고 변화에 어느 정도 적응을 하자 부부 생활은 부부 생활대로 크게 균형을 깨지 않는 선에서 나름 잘하고 있었다. 그렇지 않았다면 지금 이곳에 가장 먼저 와서 가장 독하게 질투의 눈빛을 보내는 것은

교위연도 시녀들도 아닌 은소소였을 것이다.

"다만…… 처남과 인연을 맺는 여인은 처남에게 있어 세상 모든 일에서 내가 최우선이 된다는 것만큼은 충분히 숙지하고 있어야 할 겁니다. 그래야 부부 생활이 평탄할 겁니다."

"없던…… 시어머니가 생겨나는 거군요."

"그렇죠. 그것도 아주 지독한. 내가 있는 한 처남은 평생을 엄마 치마폭에서 벗어나지 못하는 응석받이 어린애랑 다를 바가 없으니까. 그래도 좋다면…… 내가 중매를 넣어 볼 수도 있는데, 어떻습니까?"

"예?"

다시금 치미는 장난기에 그렇게 불쑥 찌르자 교위연이 놀란 눈을 동그랗게 뜬다. 그러다 아예 양 볼을 새빨갛게 붉히고는 급하게 손사래를 친다.

"주, 중매라니 무슨…… 아, 아니에요, 그런 거."

아니라고 손사래는 치는데 그 눈망울에는 기대가 있다.

그 모습이 더 재미있어서 뭐라 한 마디 더 짓궂은 말을 하려는데, 루하가 무슨 말을 할지 몰라 겁이 났는지,

"진짜 아니에요, 그런 거!"

그렇게 꽥 소리를 지르고는 도망치듯 그 자리를 떠나 버린다.

무림에선 공포의 대명사와도 같은 북해빙궁 검각의 주인이자 부친의 피를 고스란히 물려받아 북해빙궁 최고의 재능으로 손꼽히는 여인치고는 너무 소녀스러운 모습이어서 저도 모르게 절로 웃음이 난다. 그런 한편으로 아무렇게나 툭 던진 것인데도 문득 다시 생각해 보니 교위연과 예천향이 제법 잘 어울리는 한 쌍이라는 생각도 든다.

"이참에 한번 제대로 추진을 해 봐?"

하지만 이내 고개를 잘래잘래 젓는다.

"아서라. 지금 내가 남 연애사나 챙겨 줄 때냐? 당장 내 코가 석 잔데."

지금 당장 설란과의 꼬인 애정 전선부터 어떻게든 풀어내야 했다.

생각이 거기에 미치자 루하의 시선이 절로 설란의 처소를 향했다.

기분 탓인지 불 꺼진 설란의 처소가 왠지 음산하다.

어떻게 달래야 할지 아직도 모르겠다.

머리는 무겁고 마음은 답답하다. 그저 막막하기만 할 뿐, 아무리 머리를 굴려 봐도 이렇다 할 해결책은 나오지 않는다.

어차피 당장 마땅한 방법이 떠오를 리 없다.

날이 밝으면 다시 이씨 부인이나 찾아가 보기로 결심을 하고는 이내 설란에 대한 생각을 접었다. 이럴 때는 그저 아무 생각 안 하고 몸을 움직이는 게 제일이다.

루하는 그길로 곧장 자신의 연무장으로 향했다. 연무장이라고 해 봤자 끝도 없이 펼쳐진 평원이다. 그 속에서 차분히 마음을 가다듬은 루하는 이내 왼 주먹을 가슴 부위까지 끌어올리고 오른손을 허리 뒤로 당겼다. 파운삼십육권을 시작하려는 것이다. 하지만 첫 번째 주먹을 다 뻗어 내기도 전이었다.

'응?'

순간 무언가를 감지한 듯 움찔하며 주먹을 멈췄다.

"이건……."

처음에는 움찔 놀란 얼굴이던 것이 차츰 심각하게 굳어 가고,

"설마……?"

의아함과 불신을 동시에 떠올리며 저 멀리 어딘가로 시선을 던진다. 그리고 툭 내뱉는 한 마디.

"그놈인가?"

*   *   *

"우와! 사람들 대따 많아! 완전완전 많아!"

산서성 북서와 남서의 중앙인 중양(中陽)에 들어서며 여

자아이 하나가 몰려든 인파가 신기한 듯 연신 주위를 두리 번거리며 즐거워한다.

"아직 쟁천표국까지는 오백 리도 넘게 남았는데 벌써 이렇게 사람들이 많은 거 보면 역시 삼절표랑이랑 무림일화가 대단하긴 대단한가 봐. 아! 얼마나 멋지고 예쁠까? 세상에서 젤루 멋진 분이랑 세상에서 젤루 예쁜 두 분이 치르는 혼례는 얼마나 근사할까? 아저씨, 우리 얼른얼른 가요. 얼른얼른!"

조급증이 들었는지 여자아이가 뒤따르는 사내의 손을 잡아끌며 걸음을 재촉한다.

어차피 혼례식은 한 달이나 남았다. 걸음을 재촉한다고 혼례식을 앞당겨 볼 수 있는 일도 아니지만 사내는 여자아이가 서두르는 대로, 그 작은 손이 이끄는 대로 군말 없이 따랐다.

그들은 상아와 착한 바보 아저씨였다.

그날 혼천마교의 손에 상아의 할아버지가 죽고 그들은 곧바로 뢰주를 떠났다. 상아가 엄마도 아빠도 할아버지도 죽고 없는 마을에 더는 있고 싶지 않다고 하기도 했지만, 촌장의 배에서 뛰어내려 물 위를 날아 바다를 건너는 것을 다 목격한 터라 그를 대하는 마을 사람들의 태도가 불편해졌기 때문이었다.

그리해 상아와 발길이 닿는 대로 정처 없이 떠도는 중, 삼절표랑과 그의 연인인 무림일화의 혼례 소식을 들었다. 온 천하가 그 일로 떠들썩했으니 그들의 귀에라고 들어가지 않을 리 없었다. 그리고 그 소식은 어린 여자아이의 동심과 환상을 자극하기에 충분했다.

상아가 그를 졸랐고, 그는 늘 그리해 왔듯이 상아가 하자는 대로 따랐다.

사실 몰랐다.

삼절표랑이 누군지. 이곳에 누가 있는지.

이성을 상실한 채 그저 본능이 이끄는 대로 동족을 취하던 때의 기억은 안개 속처럼 뿌옇기만 해서, 운남의 애뇌산에서 루하와 싸웠던 일을 기억하지 못했다. 연화에 대한 그날의 기억도 없다. 그러니 쟁천표국에 대해서도, 삼절표랑에 대해서도 전혀 관심을 두지 않았다.

하지만 중양을 지나 림현으로 들어선 순간부터 느꼈다.

지금껏 경험해 보지 못한 두 개의 아주 강한 기운을.

아주 익숙한 하나와 어딘지 낯설지 않은 느낌의 하나.

그럼에도 그것이 왜 익숙하고 낯설지 않은지, 그 기운의 정체가 무엇인지까지는 알 수 없었다. 그저 확실한 것은 쟁천표국과 가까워질수록 더욱 선명해진다는 것뿐.

무언가 중요한 것을 잊고 있었던 것 같은 느낌에 그때부터는 그가 더 조급해져서 걸음을 서둘렀다.

그러나 그렇게 걸음을 서두를 필요가 없었다.

잊고 있던 중요한 것을 떠올리게 해 줄 사람이 이미 그를 마중 나와 있었던 것이다.

"이거 참! 오랜만이로군! 아무리 사별삼일이면 괄목상대라지만 그날 애뇌산에서 봤을 때랑은 사람이 너무 다른데? 그땐 그냥 미친개 같더니 그래도 지금은 제법 사람처럼 보이잖아?"

물론 마중 나온 사람은 루하였다.

〈다음 권에 계속〉